KUJIRA NO UMI
characters
三胖
性格：初期呆萌，中後期成長。性格衝動，容易認真，單純。
形態1
藍鯨
形態2
半人鯨
形態3
人類
SEA OF THE WHALE

KUJIRA NO UMI
characters
慕白
性格：前期純粹獸性的掠食者思維，中後期稍微增加人類的理性思維。性格強勢，有些自戀。
形態1
大白鯊
形態2
半人鯊
SEA OF THE WHALE

GOBOOKS
& SITAK
GROUP

三日月書版

三日月書版

K U J I R A N O U
輕世代 BL014
三日月書版
鯨之海
SEA OF THE WHALE
author. YY的劣跡
illust. あさ
1
SEA OF THE WHALE

SEA OF THE WHALE

鯨之海

Contents

第一章 噸

三胖以前從來沒有想過，竟然會用這個單位來計算自己的體重。

雖然他之前體重已經將近七十五公斤，但除了肚子和手臂上堆積的脂肪外，三胖一直覺得自己的身材還算標準。畢竟一七〇的男生，有七十五斤的體重也不算很胖吧。

可是現在，即便他使勁扭著脖子，想要側過頭看自己的手臂一眼都做不到！

三胖感覺自己的腦袋到身體就是一條流暢的弧線，流暢到根本不存在脖子這個部位。只有他用力伸展雙手的時候，才能用眼角看見一點點手臂的樣子，那扁的寬寬的不明物體，看起來就像是非常好吃的魚翅。

等等，魚翅……魚翅！

三胖瞪大了眼。他想眨眨眼來確定自己沒有看錯，可是他發現自己眨不了眼睛，他根本沒有眼瞼！

這個事實讓三胖受到了更大的驚嚇，他揮動著長在自己身上的魚翅，努力瞪大眨不了的眼睛，揮揮魚翅，瞪大眼睛，揮揮魚翅，瞪大眼睛……終於再也忍無可忍，驚惶地大叫起來！

然而傳入耳中的，根本不是人類的聲音，而是一道悠長響亮的聲波。

附近的海底生物們聽見聲音一個哆嗦，紛紛遠離了他。

十分鐘後，三胖終於認清了真相——他已經脫離了人類的範疇，甚至不再是陸地生物，而是生活在海底的某種魚類。

他掙扎了許久，才痛苦地接受了這個現實。

三胖左看看右看看，想要找到幾隻同類，可是除了頭頂偶爾悠哉游過的海龜外，他沒有在附近看到任何海洋生物。

竟然一隻魚都沒有，為什麼？

他此時還絲毫不知道魚群都被他的超音波嚇跑了，只是茫然四顧。過了許久，他突然覺得自己憋不住氣了，想要到海面上喘口氣。

沒等大腦意識過來，身體已經有了行動。

雙鰭劃過水波，帶動他的身軀上浮，直到頭頂露出水面，三胖才呼吸到了一口新鮮的空氣。

「噗嘶。」

哪裡來的聲音？

三胖晃了晃腦袋，潛下水，再浮出海面。

「噗嘶。」

又是一聲。

一道白色水柱隨著他的上浮升上半空，水霧被陽光穿透，化作一道彩虹。

……水柱？

三胖感覺到了有什麼不對勁，新鮮的空氣從頭頂某個部位貫通進來。而剛才那隻海龜，不知什麼時候趴在了他的頭頂，正懶洋洋地曬著太陽。

他竟然能把海龜頂在頭上！他的腦袋竟然會冒水柱！

三胖思考了五秒，終於發現了一個更殘酷的事實。

他沒有變成一隻魚，這是個好消息。

但是他變成了一隻鯨魚！

如果鯨魚會流淚，這就是一個讓鯨魚三胖默默淚流的消息。

活了二十多年，三胖第一次發現自己的體重可以用噸來計算。

就在半日之前，他還是一個人類，坐在辦公室等著發年終獎金。

而現在他是一隻鯨魚，潛出海面，腦袋上頂著一隻海龜。

他想，也許從今天起自己可以改名了。

就叫鯨三胖。

第二章　食物

不知道變成鯨魚之後，感官是不是也隨之發生了變化。

三胖淺淺浮出水面，噴出一道水柱，又潛了下去。

到處可見白色的浮冰，而他暢游在這一片冰冷的海域裡，竟然感覺不到寒冷。難道是鯨魚弱化了感知溫度的能力？

想了想，他又否定原本的推論。

再怎麼說鯨魚也是哺乳動物，流動著火熱的鮮血，不可能感覺不到溫度。那麼只有一種可能——他身上厚厚的脂肪層起了作用，讓他不懼怕冰冷的海水。

雖說不會感覺到寒冷，但是水溫的變化三胖還是能察覺出來。就比如現在這片海域，他能夠感覺到一條溫暖的海底潛流就在身下。那股海流龐大無聲，默默地貫通了整片海洋，就像是一隻潛伏在海底的巨龍。

三胖放開心神去感知，便察覺到更多的洋流。它們就像海中的交通線，為海洋生物們指引遷移的方向。數以萬計的魚群正順著這些洋流游動，分散到世界各地。

三胖不清楚自己是怎麼知道這些的，他只是動了動腦子，便自然而然接收到外界回饋的資訊。也許這就是鯨魚特殊的生理功能，至少在這一點上，比做人的時候方便多了。

游了不知多久，又一次浮出海面換氣，順便用水柱打濕了一隻正好飛過的海鳥，三胖感覺到自己的肚子有一點點餓。

麻煩的是，他不清楚自己應該吃些什麼。

是魚嗎？

可是海底那麼多種魚類，究竟哪些在他的菜單上？如果隨便亂吃會不會食物中毒？

三胖揮了揮左邊的鰭肢，帶起一股水流湧向他左前方的魚群。魚群只是緩緩游動了一下，並沒有避開他。這讓三胖更摸不著頭腦了。

如果這些魚是他的食物，那麼牠們不可能不躲避掠食者，這是動物的天性。現在魚群見到他卻不閃不避，就證明牠們根本不把這隻龐然大物當作威脅。

可是不吃魚，這麼大的塊頭吃什麼才能飽？三胖陷入困惑。

就在他沉思的時候，魚群突然騷動起來，原本靜謐的海域也變得喧鬧，就像進入了一個吵鬧的集市，瞬間多了許多嘈雜聲音。

「噠噠噠，嘶嘶嘶。」

像是牙齒上下咬合，又像是尖銳的鳥鳴直接衝入三胖耳中。其中一些他作為人類時從來沒有聽過的音波，更讓他無從分辨。

怎麼回事？

三胖動了動腦袋，引動了一波海流。

這一次魚群被他驚動了，牠們驚慌地聚在一起，試圖避過三胖掀起的海流。然而鯨魚龐大的身軀成了魚群躲避時的阻礙，牠們不得不轉向，卻因此落入虎口。

此時，三胖終於看到了引起騷動的罪魁禍首。

海豚！

三胖從來沒有見過這麼多海豚，在電視上也沒有！

那是一個數以百計的海豚群，牠們嬉鬧追逐著從遠處游來，一瞬間便游到三胖附近。

這群海豚分工明確，牠們有的從上方逼近魚群，有的從下方包圍防止魚群深潛。將魚群圍堵成一團後，不斷有海豚從群體中游出，像一枝利箭穿透魚群。再次游回時，牠們總是滿載而歸。

海豚正是透過這種掠食方式，分工合作，有條不紊，甚至有計畫地驅趕獵物。

三胖在一旁看得津津有味，圍觀著海豚覓食的場景。

這些海豚雖然沒有他的一隻鰭肢長，但動作非常敏捷，讓他十分羨慕。牠們甚至可以躍出海面，像跳水運動員一樣來幾個空翻，玩夠了才繼續潛回海中覓食。

這真是太有趣了。

圍觀中的三胖並沒有想到，正是他這個大塊頭堵在這裡，才讓魚群無路可退，一個接一個淪為海豚的美食。

這些可憐的魚群如果能思考，用怨念就足以殺死鯨三胖。

終於，海豚捕獵完畢，心滿意足地放魚群離開。倖免於難的魚群如獲大赦，飛速向天敵們無法企及的深海游去。牠們依舊抱團聚攏在一塊，這種方法雖然讓不少游離在外部的個體丟了性命，卻維繫了整個族群的生存。

這是自然進化的選擇。

看完這一幕現場版的海豚掠食秀，不知是不是被引動了胃口，三胖又開始感到飢餓了，可是讓他煩惱的食物問題依舊沒有解決。

酒足飯飽的海豚們這時候終於有心思騷擾這位大塊頭朋友了，牠們好奇地圍在三胖身邊，一圈一圈地打著轉，繞得他都快暈了。甚至有小海豚游到三胖前方，不可思議地打量著這隻鯨魚。

三胖與小海豚彼此對望，這隻小傢伙甚至不比他的眼睛大上多少。三胖深深覺得，自己的體型在海中可稱得上是巨無霸。只是他至今都還不知道，自己究竟是哪一種鯨魚。

「嘶嘶噠。」吃飽飯的海豚不厭其煩、玩心大起，一直徘徊在三胖身邊，有些還趁他出水換氣時，一躍而起去觸碰三胖噴出的水柱。

目睹了這一幕的三胖十分無語，難怪有人說海豚是海洋中的哈士奇，此話果真不假。

那寬寬的腦袋、笨頭笨腦的動作搭配上好奇的眼神，只能用「蠢萌」一詞來形容。

真是飽漢不知餓漢飢。

餓著肚子的三胖沒有心思再與這幫飽漢們繼續玩鬧下去了，他現在最著急的是要想辦法填飽肚子，他可不想成為第一隻被自己的愚蠢給活活餓死的鯨魚。

「好餓。」

三胖發出了一道連他自己都沒有意識到的聲波。

三秒後，他發現了海豚群異樣的舉動，才意識到自己剛剛做了什麼。

海豚們不再和他玩鬧，而是從他身邊游過，不斷用吻部輕輕推他，似乎在催促著什麼。

三胖覺得奇怪。

並不像是人類用喉部聲帶發出的聲音，三胖剛才的那句話更像是一道無形的音波。而海豚們的轉變，似乎就是從他「說」了那句話開始。

海豚們又在催促他，似乎想讓他往某個方向游去。三胖顧不上思考，只能先跟在海豚群之後。

很快，他發現了牠們的目的。

在看到不遠處那群游動物體的瞬間，身體的本能讓三胖明白，那就是他的食物——磷蝦。

「磷蝦」是海洋的瑰寶。在南極海域存在著數億噸的磷蝦，牠們作為食物鏈的底層，維持著一般海洋魚類的生存，而普通魚類又成為海洋肉食類的狩獵對象。這些身長不過一、二公分的小傢伙，卻肩負著整個海洋生態循環的重任。

三胖第一眼見到這些生物的時候，徹底震驚了。

萬萬沒想到，作為一隻體重超過百噸的鯨魚，他的食物竟然是如此微小的浮游生物！

看著那些給他當睫毛（如果鯨魚有睫毛）都不夠大的磷蝦，三胖腦海產生的第一個念頭：這要吃多少蝦米才能填飽他的胃啊？

慶幸的是他此時還不知道答案。

兩噸，一餐足足兩百萬隻磷蝦才能餵飽一隻鯨三胖。

第三章　虎鯨

在海底俯衝的時候，三胖覺得自己像是一隻鳥。

他學著海豚，從上方向磷蝦群俯衝而去，在接近時張開巨大的嘴。鯨魚張開的巨口形成一股巨大的吸力，如同海底漩渦般將海水與附近的磷蝦都吞吃進去。

那感覺就像是一口吞掉了一整塊大蛋糕，而嘴裡還富有餘地。

三胖嘴裡灌滿了海水，他的頭部因此漲大了一倍。灌滿口腔的海水讓他有些不舒服，才剛這麼想，便感覺到「腮幫」附近像是裂開了一道道小口，有什麼東西從那裡汩汩流出。

難道嘴巴破洞了？

三胖正驚愕著，卻見從他的血盆大口旁漏出來的不是磷蝦，而是海水。口腔裡的海水隨著鯨鬚的擺動向外流淌而出，磷蝦則被鯨鬚過濾，留在口內等待吞咽下肚。

這是自帶的濾食功能？三胖一邊對自己嘴部的構造感到新奇，一邊「咕嚕」嚥下一大口磷蝦。

為了驗證這個新功能，他再次俯衝進磷蝦群。

和之前一樣，磷蝦與海水混合在口腔中，不過只要用舌頭輕舔上顎，海水就會從口腔的狹小部位擠出。

有了鯨鬚的過濾，便不用擔心食物會隨之外流，會跟著海水一起流出的，只是一些太過細小還沒有成熟的磷蝦。

三胖有些興奮地甩了甩尾巴。吃飯還自帶濾嘴，這比做人的時候方便多了！興奮之餘，他又雀躍地伸舌舔了舔口腔。

這一舔，三胖頓時僵住。

沒有！

怎麼可能沒有！

三胖不信邪地再次舔了舔，還是沒有。他徹底愣住，待在原地一動不動。

附近的海豚們好奇地看著這隻大鯨魚，怎麼進食到一半就不吃了，是飽了嗎？

好奇的海豚游上前用尾部拍打著這個大塊頭。鯨三胖回過神來，正好看到一隻海豚拍打著自己的腦袋。看見三胖望向自己，這隻愛玩的海豚還齜牙似地咧嘴對他微笑。

三胖只覺得更加悲傷了。

連這麼傻的海豚都有牙齒，為什麼他就沒有呢！

是的，是的。鯨三胖之所以呆愣在原地備受打擊，是因為剛才他開心地舔著自己口腔的時候，發現他居然沒有牙齒！一顆都沒有！

作為一隻體型龐大的鯨魚，怎麼可以沒有牙齒，怎麼可以！在不信邪地舔了一遍又一遍後，三胖終於確信了這個事實。

他真的是一條無牙鯨魚。怪不得只能吃蝦米，啃不了大魚。這不齊全的先天條件，讓他拿什麼去啃？

三胖頓時有種被深深傷害的感覺，連眼前美味的磷蝦都不想再吃。當然，前提是他已經填飽了肚子。

鯨魚不高興地浮出海面換氣，看著身邊毫不知情、嬉笑玩鬧的海豚，心裡更加鬱悶。尤其每次瞥到海豚那一排小尖牙，都忍不住地一陣心痛。

所以他是一隻老鯨魚嗎？老到牙齒都已經掉光，連魚肉都啃不了。作為一隻老鯨魚，他註定在這片大海裡孤獨老去，無人問津，臨死也只有幾隻蠢海豚陪伴。

正沉浸在莫名的悲傷中，三胖卻突然聽到海豚發出了急促的鳴聲。

遠處有海豚不斷躍出海面，與之前的玩鬧不同，這一次海豚是在向同伴示警，有危險正在接近。

原本三胖還不太在意，但當他察覺到海水中有一股淡淡的甜腥時，他整隻鯨都緊繃了起來。

看到正向這邊游過來的身影，三胖全身上下都在向他的大腦傳達警告，有什麼讓他這龐然大物都感覺到危險的東西正在接近！

等不速之客靠近時，警惕的三胖卻差點噴笑了出來。

黑白相間的色彩、圓圓的腦袋，明明長得一副鯊魚模樣，偏偏一身熊貓迷彩。這反差簡直讓人樂得欲罷不能。

這群虎鯨追逐著一隻受傷的海豹游了過來，老遠牠們就發現了這邊的海豚。一隻海豹無法填飽所有成員的肚子，那麼這些海豚就是很好的捕獵目標。牠們在群體間無聲地交流了一番，四、五隻虎鯨不動聲色地從四面包圍海豚群，目標鎖定了幾隻落單的小海豚。

海豚們驚慌起來，然而相差甚大的體型讓牠們對虎鯨束手無策。其中最壯碩的虎鯨足足有十公尺長，這絕對不是身材嬌小的海豚能應付的。而且虎鯨鋒利的牙齒和凶狠的性格，也讓海豚不敢與之相抗。

最凶猛的虎鯨甚至能與大白鯊為敵，是當之無愧的海中霸主。

正在傻笑的三胖察覺到不對勁，周圍的氣氛明顯變了，海豚們發出害怕的音訊，慌亂地游動，想要拯救小海豚卻不敢接近。

然後他注意到虎鯨那鋒銳的尖牙以及來勢洶洶的氣勢，這群看起來和他模樣差不多的鯨魚，竟然是肉食動物！

在三胖看來，只吃蝦米小魚的自己明顯是「素食主義者」，而這些連海豹和海豚都敢打主意的虎鯨，絕對是「肉食者」無疑。

那鋒銳的大尖牙，讓他看得一陣心寒。

「啾——！」

一隻被追逐的小海豚發出驚慌的求救聲，牠的父母卻在一旁束手無策。眼看虎鯨們就要成功獵殺目標，卻突然闖出來一隻「程咬鯨」。

虎鯨們被眼前巨大的身形擋住了去路，雖然牠們身長也有十幾公尺，但是和最長能長到三十多公尺、重達百噸的鯨魚比起來，實在太小兒科了。

這隻不知道從哪裡冒出來的巨大鯨魚攔住了虎鯨群，讓牠們的狩獵計畫竹籃打水一場空。

三胖第一次慶幸起自己變成了一隻魁梧的鯨魚。因為體型巨大，他不用太過擔心掠食者的攻擊；因為體型巨大，他可以肆意地在海裡暢游；因為體型巨大，他甚至可以做一些違反自然規律的操作——比如，干擾一群虎鯨的獵食活動。

其實他有些尷尬，因為知道動物和人類不一樣，牠們做的一切都是為了生存。

他現在阻止這群虎鯨狩獵，雖然救了海豚，卻打破了規律，很有可能因此造成另一個生命的死亡。

不過大腦根本不受控制，在理智提醒自己之前，三胖已經擋在虎鯨身前，後悔也來不及了。

這群虎鯨虎視眈眈地瞪著他，看樣子對這個不請自來的不速之客很不滿意。牠們搖擺著尾鰭，想繞過三胖，三胖挪了挪身子，繼續擋。

虎鯨怒了，看著眼前這個大塊頭，擺出威脅的姿態。三胖巨大的心臟顫了一下，心想自己應該不在虎鯨的獵食名單上吧，應該不至於吧……

就在他擔心的時候，鯨群裡游出一隻領頭的虎鯨。

那是一隻身形健壯鯨魚，身長幾乎有三胖一半。在虎鯨裡，這樣的個頭簡直就是鯨中姚明。更何況這還是一隻雄性虎鯨，要知道在鯨類中，一般都是雌性的體型更大。

這隻超標準的虎鯨游到三胖面前，與他對視。可以看出牠身經百戰，強壯身軀上遍布傷痕，眼角更有一道明顯被撕咬的傷疤。這些都是與鯊魚搏鬥遺留下來的痕跡，這是一隻戰功累累的虎鯨。

作為「素食主義者」，三胖覺得自己氣勢有些不足，不過還是壯著膽子與這隻強悍的虎鯨對視。

兩隻鯨魚隔著海水互相觀望著，不知是不是錯覺，三胖覺得自己竟然在對面那雙黑豆一般的魚眼中，看出一些打量的情緒。

似乎是在比較誰更有耐心，他們都沒有先移開視線。三胖此時十分慶幸自己沒有眼瞼，這樣至少不會在大眼瞪小眼的比賽中敗下陣來。

最終，還是急於狩獵的虎鯨先失去了耐性。牠不耐煩地甩了甩尾巴，繞著三胖游了一圈，丟下一個意味深長的眼神，走了。

虎鯨的背鰭破開海面，劃出一道道長痕，不知情的人還真會以為這是一群鯊魚。

直到虎鯨的身影漸漸消失，三胖還有些回不過神。

那真的是虎鯨嗎？天啊，他竟然在一隻鯨魚的眼中看出了鄙視的意味！鯨魚竟然也會鄙視？鯨魚也是有情緒的？而他剛才竟然被一隻鯨魚鄙視多管閒事！這讓三胖作為人類的尊嚴稍稍受到打擊，糾正——是「曾經」作為人類的尊嚴。

三胖陷入深深的糾結，連身邊那群慶祝劫後重生的海豚都顧不上。

變成鯨魚的第二天，遲鈍如他也終於發現了一絲不對勁。

殊不知，更加美好的「鯨生」還在前方等待著他。

第四章　浮冰

在經歷了一場虎鯨的襲擊後，三胖和海豚們都有些疲憊。幾隻海豚戀戀不捨地與三胖蹭了一會兒，便與他告別。海豚們更適合在淺水海域生活，而鯨魚則要待在深海區才有安全感。三胖評估了一下自己的體重，一不小心擱淺了都沒人能搬得動，還是老老實實地待在深海吧。

然而和海豚告別沒多久，三胖就覺得有些寂寞。

一個人，不，一隻鯨在海裡孤獨地游來游去，還有比這更無聊的事情嗎？沒有人陪他說話，沒有人陪他解悶，甚至沒有鯊魚敢來咬他一口。

做鯨做到這個分上，三胖頓時感到無比空虛。

於是，他只好自己潛水玩。五十公尺，一百公尺，兩百公尺，三胖不斷深潛，想試試自己現在究竟能潛到多深。

聽說在鯨魚中，抹香鯨最深可以潛到兩千多公尺的深海，並停留數個小時。

三胖不求能抵達兩千公尺的深海，他就想試試自己能不能潛到一千公尺左右，去海底看看珊瑚礁。

話說回來，南極有珊瑚礁嗎？

又一次下潛，三胖看到了一個從未見過的世界。

在此之前，作為人類的三胖一直以為海底是黑暗的。即使在接近海面的區域能看見陽光，但百米以下的海域總該是昏暗渾濁的吧。然而事實證明，他錯得離譜。

這個世界上，不是只有太陽會散發光芒。在海底，也有許多你從未想到過的色彩。

南極的海，四處可見漂浮的冰層。這些冰山暴露在海面上的只是一小部分，它們龐大的冰體盡數藏在水面之下。

在潛游海底的三胖眼中，那些浮在海面的冰山像一個個透明燈罩般，將陽光用一層白紗遮住，影影綽綽地投射到海中。

每一層海水的顏色都不一樣，接近海面，它的藍帶著絲絲微光，如點綴著寶石一般；到了幾十公尺下的淺海，就變成了如同夢境的寶藍色彩。越往深處顏色越暗，就像美豔女子戴著面紗不讓你看透她。最深處的海域已是一片漆黑，似噬人深淵，令人又懼又敬。

三胖不敢潛得太深，他扭過頭準備上浮換氣，卻一眼望見一塊巨大的瑩藍寶石。

那是比他身軀還要大上許多倍的藍寶石，在海水波紋的晃動下，散發著夢幻的銀色光芒，令人心神恍惚。

三胖看呆了，過了許久他才意識到那根本不是什麼寶石，而是一塊巨大的浮冰。海面上的陽光穿透浮冰映射到水中，多層次的反射角度讓這些光芒看起來耀耀閃動、熠熠生輝。

遠遠望去，就像一顆閃著銀光的瑰麗寶石。

眼前這麼一塊純天然的美麗寶石完完全全屬於他，屬於他一隻鯨的！三胖興奮地游了過去，想要用身體蹭一蹭這鬼斧神工的自然造物。然而還沒等他游近，腦袋就撞到了冰面。

好疼！

三胖可憐的短鰭肢根本摸不到腦袋，只能原地搖搖晃晃甩脫暈眩。

海底不僅有美麗如寶石的浮冰，還有一些細小、快要融化的冰塊。在海水的掩藏下，三胖根本沒有察覺這些半透明的冰塊，便一頭撞了個頭暈目眩。

而比他更驚訝的，是冰塊上掉下來一隻企鵝。

這隻頂著將軍肚的小傢伙根本想不通，自己只是好好地躺在冰面上曬太陽，怎麼會無緣無故地墜到海裡來。而且海裡還有一隻可怕的大怪物在盯著牠，真是嚇死企鵝了！

可憐的企鵝蹬了蹬腿，飛快地從三胖身邊游開，連曬太陽的浮冰被三胖撞沉了都沒有回頭看一眼。

三胖看著那隻見鬼一樣游遠的企鵝。奇怪，他明明沒有靠近大陸，怎麼會有企鵝？。

心存疑惑的鯨魚浮出水面一看，一片綿延看不到盡頭的冰山出現在他面前。

或許不能稱之為冰山，說是南極大陸延伸出來的一部分更恰當。

每年冬天，海面凝結成巨大的冰層，在大陸以外綿延出一片面積廣闊的冰上陸地。這片冰域一直延伸到了海域深處，以至於讓鯨三胖一頭撞上了冰陸的邊緣。

一不留神竟然游到這裡了嗎？

三胖有些忐忑，他試著向海面上的陸地看去。果然，看到了預料之中的東西。

漁船。

一艘漁船正在冰面附近捕魚，這是極其危險的事情，因為一旦不小心撞上浮冰，就會船毀人亡。但是冬天很多魚類會聚集在浮冰附近，運氣好的話甚至能捕到海豹，這讓被利益驅使的漁民們大著膽子來到這片危險海域。

有漁船，就意味著有人。

三胖有些不安地看著遠處那艘漁船。

人類現在已經不再是他的同伴，相反更意味著威脅。這世界上沒有哪一個物種能像人類這樣富有創造力；同樣，也沒有哪一個物種能像人類這樣恣意破壞地球生態、屠殺生命。

三胖不敢輕易接近那艘漁船，如果那艘船上配備捕鯨設備，他就是再長一百噸肉也不夠人吃的。

人類好可怕，我想回大海。

三胖想悄悄地潛回海裡，卻絲毫沒有察覺剛才換氣時的水柱早就暴露了他。他噴出的水柱足有十幾公尺高，在風平浪靜的海面上，人們隔著幾千公尺就能發現水柱，繼而發現水面下的鯨魚。在三胖自以為是在偷窺的時候，漁船上的人們早早就發現了他。

一條鯨魚，一條如此接近漁船的鯨魚。

有人拿起望遠鏡，興奮吼道：「快看！是藍鯨！」

一大群人聚集了過來。

「多少年沒有在南極見到藍鯨了！」

「一隻藍鯨，藍鯨！天啊！上帝！」

三胖完全聽不懂那些人在說什麼，但他能察覺人類異樣激動的情緒。人類激動時產生的細微生物電流，通過空氣傳遞到海水中，被三胖敏感的接收器官察覺到。

他當即決定此地不宜久留，那幫興奮的人類一定是想要吃了他！深吸一口氣，三胖猛然潛入海裡，決定離那些人類遠遠的，越遠越好。

這一次下潛，是從未抵達的深度，水壓從四面擠壓過來，讓三胖有些承受不住。

就在他感到越來越難受時，彷彿突然突破了某個臨界點。在這一瞬間，所有的壓力全都消失不見，連海底各種吵鬧的聲波也完全消失。

三胖聽見了一個奇怪的聲音。與其說是聲音，那不如說是直接在腦海中響起的一聲呼喚。

他聽到了。

深海裡有著什麼正在呼喚他。

「來吧，來。」

「到這裡來。」

第五章　海墓

深海裡究竟有什麼，連號稱地球上最具智慧的人類也無法全部探知。

目前人類已知海底的最深處，是一萬一千多公尺深的馬里亞納海溝，可以將整座聖母瑪峰完整地倒扣進去。而再往下的世界，是人們無法探知祕境。

三胖不知道自己朝海底游了多久、游了多深。

他只知道這個深度早已超出目前身體所能承受的極限。本該承受不住水壓爆體而亡，但彷彿有一股神奇的力量在支撐著他，讓他能游得更深。

一個神祕的聲音一直在呼喚他。

「到這來。」

「過來。」

那是無法用人類的語言描述的聲音，非男非女，非長非幼，甚至也不像是一種語言，彷彿一種從心底傳來的信號，誘導三胖前往某一個地方。

循著神祕的呼喚，三胖游到了深海某處。

這裡應該還是在南極，但附近的景色已經完全變了樣。

附近像是一片片高低起伏的海底山脈連在一起，隱約可見輪廓。南極海底竟然有這樣的景色嗎？三胖猶疑著，等游到近處，他已經驚得說不出話來。

那根本不是山脈，而是巨型海底生物的屍骨！只不過這屍骨太過龐大，讓他一眼看成了山脈。

那些白骨像史前恐龍的屍骸，層疊地堆積著，遍布整個海底。最上層的屍骨還連著皮肉，只不過大部分都已經被附近的生物啃噬乾淨。而最下面的骸骨，則是呈現出歲月凝練的微黃色。骸骨上還有經年累月留下來的刮痕，像是鋪開在眼前，用白骨書寫成的歷史。

這是一座墓場，一座專屬於不知名生物的海底墓場。

三胖受到莫名的召喚來到這裡，看見這些骸骨，心裡除了恐懼之外，竟然還有一絲淡淡的悲傷。

他不受控制地游上前，游到最近的一具屍骸前，憑藉著殘缺的肌肉組織和骸骨的形狀，三胖認出了這具屍體的主人。

是鯨魚。可是這隻鯨魚比他大太多了。三胖的體型已經很龐大了，但眼前這具屍骸，光從保存完好的骨骼看來，竟然比三胖要大上一倍，身長足足有五十多公尺。

世界上有這麼大的鯨魚嗎？

即使三胖對海洋生物並不瞭解，也知道這是不正常的。最起碼在他關於族群的模糊遺傳記憶中，基本上沒有身長超過四十公尺的個體。

發現了一隻超大型同類的骸骨，三胖對探索又多了些興趣。他已經忘記這裡是座墓場，興致勃勃地四處探索起來。

肺裡存儲的空氣還夠他在水下待上好一會兒，三胖不急著離開。他又在四處逛了逛，這一看，簡直完全開拓了他的眼界。

沒想到這裡不僅有巨型鯨魚的屍骨，還有很多其他海洋生物的骨骸。三胖分辨不出牠們的種類，但是可以判斷出除了鯨魚外，還有類似鯊魚的屍骨。

畢竟，那一排大尖牙實在是太顯眼了。

可是一隻鯊魚可能長到二十公尺嗎？開玩笑吧，最大的鯊魚頂多也就十公尺長，那已經是鯊中巨人了，三胖卻看到了很多身長三十公尺左右的鯊魚屍骸。

越來越多的發現打破了三胖以往的常識，讓他不禁懷疑自己是不是像格列佛一樣來到了巨人世界。

隨著一路走神，三胖逐漸游到最底端，一不留神撞在一塊岩石上。

好痛！

三胖疼得幾乎快流下眼淚，可憐他的短鰭肢根本揉不到腦袋。

我恨我的體重！

三胖氣惱地想磨牙，但他也沒有牙。他只能惱怒地游開了些，想看看撞到自己的究竟是哪塊不長眼的石頭。可這麼一看，他竟然呆住了。

這哪裡是石頭，這是一截斷骨！

這骨頭的橫截面，都快比他的腦袋還要寬了！

媽呀，有怪獸！

若是此時雙腿還在，三胖一定會驚叫著飛退百米。可是現在笨重的身體和海底的洋流，只讓他退了不到幾公尺。受到驚嚇的可憐三胖捧著自己的小心臟，開始打量眼前這頭怪獸。

保守估計，這具屍骨完整的時候，至少有百來公尺長。牠的骸骨從這一頭，一直延伸到那一頭，構成了整個海底墓場的基座。

要知道，人類已知最大的史前恐龍也只有五十多公尺，這具骸骨的尺寸簡直巨大得不合常理。

牠的骸骨已經碎裂崩壞，完全看不出之前是什麼物種。不過，即便屍骨完整，以三胖淺薄的生物知識也分辨不出來。

在習慣了之後，他漸漸沒有那麼害怕了，反倒是為自己這麼容易被嚇到感到羞憤。

堂堂男子漢，三十多公尺長的鯨魚，怎麼能被一根骨頭嚇到呢？三胖，你太丟鯨臉了！

他狠狠瞪著這具巨無霸骸骨，然而一愣神，竟從中看到一抹藍光閃過。

在這具龐然骸骨的上顎處，幾塊巨大的白骨旁，似乎還散落著一些碎骨。其中，藍色的幽光隱隱約約地透了出來。

那是什麼？

三胖游近查看，突然藍光猛烈地閃爍了一下，他的腦中迸發出一陣劇痛。突如其來的疼痛讓他忍不住劇烈地搖擺起身體，將海底攪得一片混濁。

「普飛亞。」

他看到一個少年高興地叫著，站在一片瑩白的海灘上朝著大海呼喚。

「我終於可以回家了，普飛亞！」

回應他的，是遙遠海洋中一聲悠長的鳴音。

三胖從劇痛中清醒過來，然而迎接他的卻不是美好的現實。他感到背鰭傳來一股疼痛，一轉身，就看到一口大尖牙正對著自己的背鰭準備再次咬下。

哇靠！我的小翅膀！

驚怒之下，三胖用力晃動，帶起的巨大水流將突襲者甩了出去。同時，他也驚懼交加地打量這個不速之客。

是一隻鯊魚。

從鋸齒狀的牙齒、尖尖的鼻吻，還有新月狀的尾巴，可以很容易判斷出牠的身分。毫無疑問，牠是海洋中最厲害的殺手，食物鏈頂端的終極獵食者，所有海洋生物的惡夢——大白鯊。

這隻大白鯊非同一般，目測身長約有三胖的一半。

人類已知體型最大的大白鯊也才不過七公尺長，眼前的這隻卻有將近十五公尺！不過，比起今天見到的那些骸骨，眼前的大白鯊完全是一個小傢伙了。

但即便是這樣的小傢伙，三胖也不敢掉以輕心。原因很簡單，大白鯊有一口鋒銳的牙，而他沒有。

這個時候，三胖深深地感受到保護好牙齒的重要性。他不由得想起一句話：無論是維護世界和平，還是保護自己小命，我們的目標都是沒有蛀——啊呸，他目前要做的，是從這隻大白鯊口中完好脫身！

三胖努力擺出凶狠的目光，牢牢瞪著那隻大白鯊，然而在對方沒有眼白的黑色瞳孔的注視下，又膽怯地收了回來。

實在不怪他，這完全是童年陰影。在還是人類的時候，三胖看過最可怕的一部恐怖片，就是《大白鯊》。這簡直是他最害怕的生物。

大白鯊似乎看懂了三胖的畏懼，朝他張了張嘴，又要再度俯衝過來。

三胖左右搖擺不定，他不知道自己究竟是直接逃跑好，還是衝上去周旋一陣再逃跑比較好。

正在猶豫不決時，他又聽到了一個聲音。

「離開這裡。」

三胖一愣，不敢確定這聲音是誰發出的。

這和最開始召喚他前來的聲音有著相同的頻率，然而來源並不是同一個。就像同樣是男低音，不同歌手擁有不同的音色，這點三胖很容易就能分辨出來。

不對，眼前除了他自己，只有一個活物。

三胖瞪大了眼，這聲音難道是眼前的大白鯊發出的？

第六章　變身

「離開？」

三胖試探地模仿出同頻率的聲音。在最初幾次的失敗後，他模仿出了一個近似的「發音」。

出聲後他卻愣了一下，因為自己發出的並不是人類說話時的聲音，也不是鯨魚交流時使用的聲波，反倒更像是一種意念。更奇怪的是，對面的大白鯊彷彿聽懂了一般，沒有再次發動攻擊，而是在原地徘徊，警戒地看著他。

三胖試著游開了些，大白鯊沒有追過來。

他又試著游得更遠，大白鯊依舊停留在原地。三胖放心了，他明白過來，那隻鯊魚只是要趕他走，並不是要和他單挑。

走就走唄，此處不留鯨，自有留鯨處，我還一定要待在那不成？三胖氣呼呼地想，隨即又想起剛才在巨獸骸骨裡瞥見的一抹幽藍。

那究竟是什麼？

他晃了晃腦袋，游回海面換氣。

這一次，三胖吸取教訓，游到遠離南極大陸的地方，以免再被人類發現。只可惜，他似乎又在無意間闖進了另一群鯊魚的狩獵範圍。

海面上一片鮮紅，一隻海獅的屍體正被幾隻鯊魚輪流爭搶撕咬著。

怎麼到哪裡都擺脫不掉這些大尖牙！

三胖惡狠狠地衝上去，撞散那些小鯊魚。由於體型上的差距——相對藍鯨而言，這些無辜的小型鯊魚就這樣被三胖當成了出氣筒，失去了自己的晚餐。

趕走了鯊魚後，三胖愣愣地看著被啃得面目全非的海獅。他有些茫然，不知道自己究竟在做什麼。

他到現在都還沒習慣自己變成了一隻鯨魚，不再是人類。這裡沒有道德和法律，只有弱肉強食、適者生存。

如果三胖不是湊巧變成一隻鯨魚，恐怕早就被海裡的掠食者分食乾淨了。而他現在在這裡做什麼？藉著體型優勢，充當所謂自然界鋤強扶弱的俠客嗎？

說到底，無論是虎鯨還是鯊魚，都是遵從天性捕殺獵物，阻止牠們獵食，牠們又怎麼活下去呢？

三胖憂鬱地看了看海獅的屍體，喪氣地游開了。

這一晚，在靠近南極洲的某片海域，有一隻默默憂傷的鯨魚。不過，憂鬱之類的情感，是填飽了肚子後才會拿出來品味的情緒。第二天，當肚子再次叫囂著飢餓時，三胖早就把昨天那些憂愁拋諸腦後。

他熟能生巧地追逐著磷蝦，開始享用自己美味的一餐。

然而，天不從鯨魚願，他才吃了沒幾口，都還沒填飽肚子，又有不速之客來打擾了。

準確地說，是三胖不小心闖進了一場海洋鬥爭中。

這明顯是一場鬥毆，一群虎鯨圍著一隻大白鯊盤桓巡游，雙方之間氣氛劍拔弩張，似乎下一秒就會互相凶狠撕咬起來。

再仔細打量，三胖發現兩邊他竟然都認識。

這些虎鯨，正是昨天被他虎口奪食的那一群，帶頭那隻眼帶疤痕的虎鯨更是曾經嘲諷過他。而牠們的對手則十分眼熟，不就是昨天驅趕三胖的那傢伙嗎？

他們怎麼鬥到一塊去了？

三胖有些困惑，不過兩邊他都不喜歡，就讓他在一旁看熱鬧好了。

虎鯨們和大白鯊都注意到了一旁的三胖，但誰都沒有把這隻獨身的藍鯨放在眼裡。牠們彼此徘徊對峙，為首的虎鯨看著大白鯊，眼裡幾乎快冒出火花。

而明明處於寡不敵眾的劣勢，大白鯊卻不慌不忙，似乎沒有把這些虎鯨放在眼裡。

對峙結束，為首的疤痕虎鯨一個動作，牠的同伴們便紛紛衝上去包圍住大白鯊。

幾隻圓頭圓腦的「熊貓」圍住海底霸主的場景實在有些好笑，三胖忍不住偷樂，然而真正的撕鬥，卻比他想像中嚴峻許多。

一絲血腥味在海水中擴散開來。

三胖一個激靈，發現幾次過招之間，雙方竟然都負了傷。

尤其是獨自戰鬥的大白鯊，兩邊的鰭肢都有不同程度的撕裂，有的傷口幾乎深可見骨，白花花的肉和血一起在海水裡翻滾著。

這可是海水啊，海水！傷口不得疼死？三胖腦補了一下，忍不住打了個哆嗦。

大白鯊雖然驍勇善戰，但畢竟是孤軍奮戰，眼看就要落於下風，三胖莫名地替對方提起了一顆心。虎鯨們似乎也看出了對手的劣勢，攻擊變得更加猛烈。

大白鯊卻像是渾然不覺，完全沒有逃跑的意思。牠漆黑的眼睛逡巡一圈，落在虎鯨群的首領身上。

疤痕虎鯨冷漠地和牠對視。

下一秒，大白鯊撞開包圍圈，向疤痕虎鯨衝去。

這不是自尋死路嗎？

那隻狡猾的疤痕虎鯨從頭到尾都沒怎麼上陣，一直保存著戰力，你一個傷兵去挑戰人家，豈不是以弱戰強？坐在最佳觀戰席上的某藍鯨忍不住腹誹。

虎鯨們似乎和他有著同樣的想法。

疤痕虎鯨好整以暇地迎戰，面對大白鯊的攻擊，體型相仿又富有餘力的牠毫不畏懼，一個靈巧的轉身，躲過那一排大尖牙。牠迅速抄到大白鯊身後，讓同伴阻擋大白鯊的行動，而自己對著敵人的背鰭，張嘴用力咬了下去。

眼看著大白鯊就要被咬得鮮血淋漓、皮開肉綻，令人吃驚的一幕突然發生了！只見遠處突然冒起大量的水蒸氣，像是被燒開的熱水注入海中。冷熱相會，讓附近的海水發生劇烈變化，將原本清澈的水域攪得混濁。周圍的幾隻虎鯨甚至被燙得遠遠游開。

這是怎麼回事？

三胖疑惑，然而更讓他目瞪口呆的事情發生了。從沸騰的水中逐漸游出一個頎長的身影，並不是大白鯊，而是一個人！準確地說，是一個人身魚尾的怪傢伙！

他有著人類男性的上半身，線條分明的腹肌隨著游動而微微收縮。皮膚是淺灰色，零星點綴著宛如星辰的銀色斑點。一頭銀灰長髮隨著海流的起伏在身後漂動。

更引人矚目的，則是隱藏在瀏海下，那雙完全沒有眼白的黑色眼睛，帶著凜冽的殺意與鬥志，像一隻準備撲向獵物的猛獸。而牠的確是一隻凶猛海獸！

再看下半身，光滑的表皮緊實地包裹著整個軀幹，修長的魚尾翻動著水流，在海中折射出銀色光芒。

魚尾末端新月形的尾鰭則是負責撥開流水、控制前進方向的有力武器。身後，背脊下半部突出一片深色背鰭，一直延伸到令人遐想的尾椎處。

力量與陽剛，野性與美麗。

他立於海中，發出流光一般的銀芒，洋流輕撫他的髮絲，如同大海親吻著自己的愛子。

這是完美結合了兩種生物特徵，被神祇寵愛的生命。

三胖瞪大了他碩大的眼珠茫然注視著，簡直不敢相信自己所見。

大白鯊竟然變成了一條美人魚，不，美人鯊！

「可惜這麼美麗的美人魚不是雌性。」

心裡隱祕的想法不小心化作意念發散出來，似乎還被對方聽見了。大白美人鯊竟然還抽空回過頭，朝三胖咧了咧嘴。

唰地一下，那原本形狀優美的薄唇，一瞬間變成裂開到耳邊的猩紅鯊口，上下顎完全分離，露出裡面齊刷刷的兩排尖牙以及漆黑的喉嚨。再合起上時，又恢復成原狀。

三胖被嚇傻了。

他覺得自己的世界觀受到前所未有的衝擊。

第七章　意外

美麗與恐怖只有一牆之隔。

只需一秒，英俊的海中神祇蛻變為血盆大口的怪物，三胖表示自己幼小的心靈受到了衝擊。

當他回過神來，化作人身鯊尾的大白鯊，又與虎鯨混戰到一處。

變身後的大白鯊速度極快，他迅速衝向疤痕虎鯨，與對方廝殺幾回，卻不特意攻擊，而是借機找到空隙，俯衝到虎鯨的下方。

風水輪流轉，這一回，是他掌握了對方的弱點。

大白鯊伸出人類模樣的雙手，牢牢攀附在虎鯨的腹部，對著虎鯨身體最脆弱的部分，磨了磨牙，眼看就要狠狠咬下。

戰局似乎即將分曉！三胖不禁屏住呼吸。

這時，只聽一聲重響，大片鮮血在海中蔓延開來，幾乎是瞬間就染紅了附近的海域。但這並不是大白鯊撕開了疤痕虎鯨的腹部。那灘鮮血，來自另一條觀戰的虎鯨。

在虎鯨群和大白鯊忙於廝鬥的時候，死神已不知不覺間降臨。

一隻處在包圍圈邊緣的虎鯨，不知是被什麼東西擊中，鮮血從傷口處汩汩流出，如同泉湧。

聞著這股血腥味，三胖心裡突然湧上一股深深的恐懼，自變成鯨魚後，他還是第一次體會到這種來自靈魂深處的戰慄。

他回頭看去，那隻死亡虎鯨的腦袋上，插著一支泛著冷光的金屬標槍。金屬標槍上繫著繩索，遠遠連接著另一端。在繩索那頭，三胖隱約看見一艘漂浮在海面的船隻。

那一刻，他終於明白自己為何會如此害怕。

是捕鯨船。

是人類。

「船長，已經擊中目標！」

南極附近的海域上，二副小野以興奮的語氣道：「成功捕獲一隻虎鯨！」

「好，把獵物拖回來，繼續發射捕鯨炮。通知別的船，這裡有大收穫。」捕鯨分隊的中島船長興奮地摩拳擦掌。

這是一群虎鯨，還有一隻藍鯨！這次收穫可不小啊！

他野心勃勃地想，也許幹完這一票，船隊就可以收工回國，不用再受那些反捕鯨者們的騷擾了。

他眼中閃爍著掠奪的光芒，看著聲吶雷達上的幾個小點。

「繼續射擊，別讓牠們跑了！」

一場突如其來的意外攪亂了戰局。沒等牠們反應過來，接二連三的捕鯨炮和捕鯨槍，如同隕石般射進海中。

剎那間，整個海域彷彿化成一座煉獄。

最初被射中的虎鯨甚至連一聲哀鳴都沒有發出，就被奪去生命。血液化作死亡的紅紗，將牠包圍起來拖入深淵。突然，死去虎鯨的屍體躍動了一下，牠的伙伴們驚喜地望去，卻發現是人類的繩索正將屍體拖向水面。

大白鯊和疤痕虎鯨的決鬥被迫中止，牠們慌忙地躲避著擊入水中的捕鯨炮，然而即便如此，仍然免不了負傷。

大白鯊變身後消耗了不少體力，加上之前的傷口和疤痕虎鯨在躲避時暗算了他一把，一鰭將他搧到捕鯨槍的射程內。

三胖眼看著大白鯊被一桿標槍擦過肩膀，巨大的衝擊力將他狠狠推出數公尺遠，慢慢沉入海底。原本準備逃跑的小藍鯨見勢不對，立刻上去英雄救美。

同時他也在心底問自己，為什麼要多管閒事？圖人家長得好看，見色起意嗎？

不，太天真了，三胖同學，你這是深謀遠慮啊！

這不是普通的大白鯊，這是能變身的大白鯊！既然鯊魚都能變身，那他這個原本就是人類的鯨魚，是不是也有可能變回原樣？

救了他這一次，搞不好大白鯊為了感激救命之恩，就把變身的祕密告訴自己了呢。

三胖想得挺美，殊不知現實往往是殘酷的。

他一個下潛，游到失血昏迷的大白鯊附近，張開嘴，一口把對方吞了進去。

是的，三胖張開他那足足有十公尺長的嘴，將變成半人半鯊的大白鯊吞了進去。他並不是肚子餓，想換換口味吃生魚片，而是雙鰭實在太短，根本沒辦法公主抱，想來想去也只能把人含在嘴裡了。

還好變身後的大白鯊只有兩三公尺長，要是原來十幾公尺的大小，三胖大概會被噎死。

他一邊小心翼翼不要把嘴裡的半人鯊吞下去，一邊警惕地離開危險區域。三胖有預感，這艘捕鯨船肯定不是單獨出動，要是等來他們的同伙，那他一條鯨命可就不保了。

就在此時，他隱約感應到一股微麻的電流，從大腦中樞向身體四周傳遞。

那是一種憤怒的情緒，來自海面上的——人類。

上次在南極洲遇見漁船時，三胖就發現自己似乎能通過某種微電流感應到附近人類的情緒，這一次更是印證了他的想法。

上面發生了什麼事？

三胖抬頭看去，只見海面上的捕鯨船在十幾隻虎鯨的攻擊下，發生不小的顛簸。

虎鯨竟然去攻擊捕鯨船了？

三胖瞪眼，包括那隻疤痕虎鯨在內，虎鯨們居然沒有第一時間逃跑，而是圍繞著同伴的屍體盤桓，有的甚至用自己的身軀去撞擊水面上那艘鋼鐵怪物。

牠們在做什麼，難道不知道這樣很危險嗎？

捕鯨炮還在發射，不斷有虎鯨遭受波及，疤痕虎鯨調動著剩下的同伴繼續攻擊，並替換下受傷的伙伴。

牠就像一個睿智的將軍，指揮著同伴們進退，讓身形較小、游動靈活的虎鯨去吸引人類的注意力，自己則和其他大塊頭不斷撞擊船尾，試圖奪回被人類拖上甲板的同伴屍體。

三胖不敢相信，這是在一隻鯨魚領導下的反擊行為。

眼看著牠們在首領的指揮下，就要成功奪回同伴的屍體，遠方突然傳來一陣鳴笛，又有幾艘捕鯨船開了過來。

一旦人類的救兵趕到，虎鯨們就要陷入被捕鯨船包圍的不利境地。

但牠們不甘心就此放棄，帶著傷痕，一次又一次用身軀執著撞擊著船隻。

三胖心裡有些不是滋味。

鯨死不能復生，奪回屍體又能怎麼樣呢？

三胖繼續往下潛游。

虎鯨們開始發出叫聲。那是短促又高昂的聲音，起始於一節節的高頻音律，尾音卻低迷悠長，像是悲傷的人掩面哭泣。

牠們的叫聲此起彼伏，帶著一種難以言喻的哀傷，穿透近百里的海域。

三胖游……三胖游不下去了。

他惱恨地咒罵一聲，含好口中的大白鯊，猛地使勁向深海游去，帶起的水流在他身後綻放出片片白花。

海面，被虎鯨群攻擊的船隻上，水手和船長正在破口大罵。

「船長，捕鯨炮快用完了，這幫鯨魚還在攻擊！」

「該死的畜生！」中島低咒：「再堅持一會兒，等另外兩艘船趕過來，就可以把牠們一網打盡。現在，拿出武器！」船長掏出身上的槍枝，「把露在海面的虎鯨，全都給我打回去！」

水手們連聲應和，紛紛掏出槍枝對準海面射擊。隨著「噗噗」的子彈入水聲，水面上也泛起片片血花。

中島得意道：「沒腦子的畜生，果然只配做食物。」

他正要指揮水手們繼續攻擊，四周突然變得一片寂靜，虎鯨們都退了下去。

怎麼回事？

中島心中湧上不祥的預感，下一秒，船隻隨著一聲巨響產生如地震般劇烈的晃動。

「是海嘯嗎！」

「不，船長……」

「好像是有一隻藍鯨撞到我們了！」

藍鯨？

中島還沒聽明白，又是一陣更劇烈的碰撞，幾乎將他整個人都摔下船去。然而震動沒有停止，反而變得更加猛烈。

「船長，底艙漏水了！」

水手們回報：「引擎也出現問題了！」

終於，震動過去，海面恢復平靜，但船隻的損傷已無法挽回。

中島臉色慘白，這些消息對於一艘船來說，簡直是致命的。不，他還有援軍，只要援軍趕到就還有希望。

在他心存僥倖時，百米外傳來眾人的驚呼。

抬頭看去，只見一艘前來救援的捕鯨船正猛然朝右側傾斜，在那船隻背後，還隱隱可見巨大的藍色尾鰭。

他們捕鯨隊一共只有三艘船，現在兩艘都出了問題，單靠自己人肯定不行，只能向附近海域的船隻求救。

「該死的藍鯨！」中島咬牙切齒：「求救，向附近的船隻發送求救訊號！」

可一旦發出求救訊號，他們捕鯨的行動就遮掩不住，甚至會在國際上引起更大的騷動。

中島扶住桅杆，看著遠處消失的鯨魚，眼睛裡是毫不掩飾的憎惡。

這些海底的怪物，遲早有一天，要讓牠們全都滅亡在自己手裡！

一溜煙跑遠的三胖，這時候還不知道自己已經被人記住了。

他含著嘴裡的美人鯊，拚命地逃跑。

嚴格來說，應該是肇事逃逸。

海上交通事故的肇事者。三胖害怕地想，要是鬧出人命來，他就成了殺人凶鯨了。

逃吧，堅決不做通緝犯！

第八章　鯨吞

接連撞翻兩艘捕鯨船後，三胖一溜煙地遠遠逃開。他不知道自己現在游得多快，但猜想最起碼時速也有四、五十公里。因為害怕人類報復，他一直不停歇地快速向前游，許久後才敢放緩速度。

這時候，三胖才想起自己嘴裡還含著一個「人」。

糟糕，這麼久了，不會被悶死吧？

三胖一邊擔心地想著，一邊小心翼翼地把嘴裡的大白鯊吐了出來。

夕陽已經有一半沉入海中。

藉著微紅的晚霞，三胖終於近距離看清了這隻半人鯊的模樣。

半人鯊長得很好看，劍眉英目，比三胖做人的時候見過的明星都英俊得多。五官深邃立體卻不顯粗獷，相反，精緻的臉部線條減弱了幾分銳氣，讓昏迷中的半人鯊顯得不那麼冷酷。

他的頭髮也很不一樣，一直散發著光芒。

剛開始，三胖還以為是晚霞的餘光，後來才發現竟然是髮絲在發亮。他好奇

地打量，注意到半人鯊上半身那些星辰一樣的斑點，也在微微閃爍著光芒，就像星星一樣。

太神奇了！這究竟是什麼生物？

還有他的尾巴，看起來好滑好細膩，好想摸一摸。

就在三胖瞪著比人家腦袋都大的眼睛湊過去看時，半人鯊突然睜開了眼。

驟然醒來，面對著眼前的不速之客，他毫不猶豫地張開血盆大口，瞬間從睡美男變成可怕的食人怪獸，狠狠咬住了三胖的嘴——由於藍鯨的嘴太大了，他只能咬住一小部分。

即便是這樣，三胖還是疼得快哭出來了。

嗚嗚嗚，做人的時候初吻都沒獻出去，做鯨後倒被一條鯊魚咬了。還我清白！

啊，不對。

三胖晃了晃腦袋。不要咬我的嘴，那不是給你吃的！

然而，因失血而神志模糊的半人鯊似乎無法分清眼前的狀況，把三胖當作是威脅自己的敵人，狠狠咬住，就是不鬆口。

這傢伙是烏龜嗎，咬住人就不鬆嘴了嗎？

試了幾次都沒法擺脫對方後，三胖一咬牙，不得不使出殺手鐧。你咬我，你以為我不會咬回去嗎？

他張開嘴，又一口把對方吞了進去。

沒辦法，作為一隻沒有尖牙沒有利爪的柔弱鯨魚，他唯一的武器也只有這張超級大嘴了。

也許是半人鯊沒想到自己有一天竟然會成為鯨魚的食物，毫無防備地就被三胖吞進了嘴裡。

但這一次吞得太急太快，連三胖自己都沒做好準備。他一不留神，動作流暢，竟然像吞嚥磷蝦一樣把半人鯊給吞下去了。

靜默了好幾秒，三胖才反應過來。

啊啊啊啊，他竟然吃了一隻鯊魚，活的！

不是鮑魚不是海膽，也不是別的海鮮，而是一隻自帶魚翅的鯊魚！

一瞬間，三胖覺得自己好像吞了一噸毒藥，恨不得立刻就把半人鯊吐出來。可是不行，他沒吃什麼反胃的東西，之前吞的磷蝦也還沒消化，根本無法自然嘔吐。

可是不吐出來，難道真要等胃部消化了這隻大白鯊，然後排便的時候……三胖想了想，頓時覺得整個世界都黑暗了。

還沒等他有進一步反應，胃部便傳來一陣鈍痛。顯然，被吞下去的鯊魚不是安分的個性，沒等三胖消化完畢，這隻鯊魚就要把他開膛破腹自己鑽出來了。

沒辦法，吐，必須吐！

三胖拚命催吐，費了九牛二虎之力終於「嘩啦」一聲，把半人鯊和之前吃的磷蝦一塊吐了出來。

哦，我的午飯。

看著被吐出來的磷蝦，三胖有些惋惜。他看著附近過來爭搶他嘔吐物的小魚，猶豫著要不要把消化到一半的磷蝦再吞進去。

畢竟吃一頓飯也挺不容易的，不是嗎？

可是，作為人類的最後一絲尊嚴，讓他拒絕吞食自己的嘔吐物。何況此刻還有一隻半人鯊的問題等待解決。

三胖扭頭去看那隻不小心被自己吞進去的半人鯊，心裡想著該怎麼解釋才好。

我不是故意吞你的，是你咬得我太疼了。

你咬得那麼用力，我當然受不了。

我也不想讓你進那麼深的地方……

呃，怎麼好像有哪裡不對勁？

就在三胖苦惱自己的用字遣詞時，被吐出來的半人鯊似乎沒有之前那麼暴躁。他清醒了許多，看到自己身上黏著一層不明黃色黏液，再看肩上的傷口已經有了癒合的跡象。

半人鯊眼神一閃，搶先開口了。

「讓我再進去一次。」

「好啊好啊，不就是再……」

三胖愣住。

這隻鯊魚，剛才說什麼？

這邊，三胖和大白鯊還在糾結是否要再來一次深喉嚨。

不遠處的海域，不幸遭到藍鯨撞擊的捕鯨船終於等來了救援。附近一艘前往南極研究站的研究船隻接收到他們的求救訊號。

這是一艘裝滿物資的研究船，它從美國本土出發，目的是為南極大陸上的阿蒙森．斯科特研究站運送新一批物資。而作為最高長官的科佐上校，則是整艘船的負責人。

接到日本捕鯨船的求救訊號，屬下便向他進行彙報。

「這幫日本人。」接到情報後，科佐上校也是左右為難。他們身負祕密任務前往南極，不能因為意外出半點差錯。可是見死不救也十分不符合道義。想來想去，上校最後只能把怨氣都撒在對方身上。

「這個時間出現在南極，撒旦都知道他們想要幹什麼！一群該死的偷獵者。」

「上校，目前離遇難船隻最近的只有我們，如果前去救援，可能會影響任務。」彙報人員為難道，「而且路德維希先生……」

「我怎麼了？」

伴著一聲低沉的男低音，一個身材高大的男人不請自來地走進了指揮室。他身高足有六英尺，只要稍微走近，就能帶給人十足的壓迫感。

事實上，他也的確實個難以應付的傢伙。

「噢，路德維希。」科佐上校頭疼地捂住眼睛，「我以為這個時間你應該還待在你的房間，研究那一堆聲波什麼的。」

「那樣我就聽不到你們的陰謀了。」來人冷冷道。

「什麼陰謀，這只是一場援助。一群可憐的漁民在海上遇難，需要我們的救援。」上校一改剛才的說辭，誠懇道。他意識到，要是真的讓對方知道了捕鯨船的身分，這場救援就徹底無望了。

「是嗎？據我所知，最近的美軍基地離這裡不遠，由他們派直升飛機過去就足夠了。還是你認為，這次的任務並不重要，可以任意揮霍時間？」

深綠色的雙眸輕輕掃了上校一眼，鉑金髮色在燈光下彷彿精緻的王冠，同色的睫毛隨著呼吸輕微震顫，配上英俊到近乎苛刻的容顏，本該是天使一般的人，卻生生地把科佐上校嚇出一身冷汗。

「路德維希・馮・特里斯坦先生，」上校認真道，「你說得對，我們不該為這些事情浪費時間。貝利，告訴駕駛艙繼續前進，救援就交給別人去做吧。」

看見自家長官被一個外人三言兩語就拿下了，貝利副官無奈地聳了聳肩。

「是的，長官，我這就轉告那兩艘被藍鯨破壞的倒楣漁船，讓他們再多等一會。」

正要轉身離開的路德維希突然停下步伐。

「你說什麼？藍鯨？」他如深秋湖水般的碧眸，緊緊盯住副官。

「把剛才說的話，再說一遍。」

第九章 鯊說

三胖知道，鯨魚之所以一直被人類覬覦，很大一部分原因，是牠們具有珍貴的商業價值。

鯨油一度是重要的工業原料，歐洲國家都曾濫捕鯨魚以攫取鯨油，更有人把鯨肉當作一種美食而獵殺鯨魚。在許多地區，從鯨魚體內產生的龍涎香也被認為是一種珍貴的香料。

即便現在他腦袋上開了扇天窗，時不時還會噴出些水來，他也沒有腦洞大開地想過，變成鯨魚後自己的口水也會成為別人，不，別鯊覬覦的對象。

此刻，他游在海中，一張大嘴彆扭地張開著。

而半人鯊舒適地枕在三胖的舌頭上，把他嘴裡的軟肉當被子蓋。

「你怎麼樣？」

還好現在三胖說話不需要依靠舌頭，所以沒有什麼影響。

「還可以。」半人鯊懶洋洋地回了一句：「你的舌頭壓到我了。」

「哦哦，對不起。」

三胖連忙挪開舌頭，過了半晌才回過神來。現在是對方有求於他，為什麼反而是他在道歉？

這隻傲慢可惡的鯊魚！

「你究竟還要多久？」三胖不耐煩地問，「我不能一直張著嘴。」

「因為你不肯讓我進去。」半人鯊回道，「所以我只能靠你的口水治癒傷口，效果當然慢。」

說來說去，還是我的錯了？

三胖惱怒地瞪大眼睛，把附近正好游過的南極鱈魚嚇了一跳，牠轉了轉尾巴迅速溜走，卻可憐地撞進掠食者懷中，被烏賊一吞而盡。

三公尺長的大烏賊吞嚥著美食，搖晃著從他們面前游過。

三胖聽見半人鯊低喊了一聲，還沒等他聽清，就見嘴裡竄出一道銀灰色的影子，衝向那隻巨大烏賊。

捕獵只是剎那間的事，一眨眼的工夫，就看見半人鯊拖著那隻比他還要大的烏賊回來了。

可憐的烏賊，嘴裡還含著沒來得及消化的鱈魚。

「食物。」半人鯊說，一爪穿透烏賊柔軟的軀體，在裡面擺弄幾下，半晌掏出一顆心臟吞了。

三胖目瞪口呆，眼看著他輕輕張開嘴，將那顆碩大的心臟一口吞下。這一回，半人鯊的吃相比較優雅，最起碼三胖沒有看見他的食道。

注意到三胖的眼神，進食中的鯊魚不快地抬起頭來，「你也要？」他不太樂意地掏出烏賊體內的另一顆心臟問道。

三胖連連搖頭。

於是，鯊魚滿意地將剩下的兩顆烏賊心臟都吞了。

在習慣了鯊魚血腥的進食場面後，三胖也覺得餓了，他看了看被半人鯊棄之不顧的鱈魚，問道：「我可以吃這個嗎？」

「隨你。」

三胖喜滋滋地將鱈魚吞了下去。

鯊魚打量他的體型：「這樣夠嗎？你還吃什麼？」

「嗯，磷蝦？」

說出自己食譜後的藍鯨，得到了深海霸主一個不屑加憐憫的眼神。是了，想必在對方眼中，塊頭如此巨大的傢伙卻靠蝦米過活，實在太沒志氣了。

三胖氣呼呼地想，那只是我不想吃，要是我想，我還可以生吞一隻鯊魚呢——比如你。

半人鯊似乎感應到他的想法，在爬回三胖嘴裡前警告地看了他一眼。被那黑眼珠一瞪，紙老虎鯨三胖立刻就縮了。他只能繼續乖乖地為大白鯊治療。

是的，就是治療。

在誤吞半人鯊一次後，對方發現三胖體內的消化液居然對自己身上的傷口有治療作用。其實口水也有微弱的療效，只是比不上直接鑽進三胖肚子裡來得有效。

三胖心寬體胖，在對方提出幫忙治療的要求後，想了想就答應了。

所以，一鯨一鯊才會呈現這樣一幅畫面。

半人鯊在三胖嘴裡療傷，同時負責為三胖捕獲一些蝦米和魚類。他們這種相處模式，有點類似海洋中的共生生物。

至於對方本體是可怕的大白鯊之類的想法，在看見半人鯊俊美的外貌後，三胖實在懼怕不起來。

不僅如此，久而久之，他還學會和半人鯊搭訕聊天了。

大概是因為三胖對他有救命之恩，高冷的半人鯊時不時也會回應幾句。

「我說，為什麼你會和那群虎鯨打起來，搶地盤嗎？」

一邊含著鯊魚在海中游走，三胖一邊打聽情報。

「搶地盤？什麼意思？」

「就是……算了，我直接問你，你和虎鯨有仇嗎？」

「仇又是什麼？」

「……好吧。」

在幾次交流失敗後，三胖終於發現，他們之所以能夠溝通，完全是靠莫名的意念交流。

依賴這種神奇的「翻譯系統」，他們雖然能進行跨物種交流，但雙方傳達的意思往往並不相通。

像是有些專屬於人類社會的詞語，半人鯊聽不懂；同樣，一些對方說的詞，三胖也不解其意。

而雙方都能理解的詞語，大都是生活常識，比如：食物、死亡、白天、黑夜。即便一句話裡有幾個詞聽不懂，也能猜出大致含意。

在交流中，三胖發現這隻半人鯊的智商並不低於人類，甚至更高。有時候明明是他想套話，卻總被對方輕輕帶開。

三胖十分懊惱，堂堂「曾經」的靈長類之首，智商高達一百六的雙學位博士，居然連一隻海洋哺乳類動物都應付不了？

最後，三胖索性放棄拐彎抹角，直接問道：「你能告訴我，為什麼你會變成這副模樣？」

「這副模樣？」半人鯊沒反應過來。

三胖繼續道：「就是這樣上半身像人類，沒有鰭肢，有兩隻手，還有頭髮，至少不是光頭……」

半人鯊陰森道：「你說這樣半猴半鯊的外貌？」

「半、半什麼？」

三胖差點被海水嗆到。

然而大白鯊比他的反應更激烈，這隻鯊魚不知哪裡受了刺激，竟從三胖嘴裡游了出來，一雙黑眼珠冷冷地盯著對方。

「你嫌棄我醜。」

「醜？」三胖不敢置信道：「你覺得你醜？這完全可以媲美好萊塢明星的完

美臉龐、精壯的八塊腹肌，你竟然覺得自己醜？」

他在心裡吐血，不要你給我啊兄弟，我恨不得擺脫現在這一百多噸的身材！

雖然三胖說的話半人鯊大半都沒聽懂，但他還是道：「不是嗎？像岸上那些猴子一樣，不僅長著奇怪的鰭，連我堅硬的外皮都退化了，還長出只有猴子才有的怪毛。」他扯著自己那頭順滑的銀色長髮，嫌棄道：「很醜。」

這、這不是鰭啊，這叫手臂！是岸上那些猴子以前拿來爬樹，現在用來吃飯的工具！而且那也不是什麼怪毛，是頭髮，頭可斷血可流髮型不可亂啊！

三胖覺得自己憋得快內傷了，此刻他深深明白什麼叫不同物種之間的審美差異。

這位英俊得人神共憤卻還在嫌棄自己醜的半人鯊道：「要不是傷還沒好，我一分鐘都不想保持這副模樣。」說著，他磨了磨嘴裡上下兩排大尖牙，「等痊癒了，我一定要去把嘶嘶噠那個傢伙撕碎。」

三胖敷衍道：「好啊，去吧那個嘶……你說嘶什麼？」

「嘶嘶嗟。」半人鯊道，「就是那隻虎鯨，被我傷過，眼角有疤痕的那隻。」

老天！三胖忍笑，為什麼要叫這麼奇葩的名字！

這些海洋生物究竟是按照什麼規律來命名的？

他扭著自己碩大的身軀，突然不懷好意道：「那個，我還不知道你叫什麼名字呢？」

半人鯊磨了磨尖牙：「你想知道？」

「嗯嗯。」

半人鯊幽幽道：「只有我未來的伴侶才可以知道我的真名。」

第十章　試探

這是自古以來，流傳在半人鯊體內的記憶。

只有終身伴侶才可以知道一隻鯊魚的名字。

緣由如此，三胖也不敢繼續問下去了。不過，雖然問名字的事情不了了之，但一鯨一鯊間的氣氛卻因此緩和了許多。

尤其是三胖鄭重表示自己絕對沒有嫌棄半人鯊醜，並認為他現在這副模樣簡直英武帥氣堪稱鯊中潘安後，半人鯊對三胖也不再那麼凶狠了。

三胖詢問了半人鯊關於變身的具體步驟。

「你不知道？」鯊魚的語氣難得帶著一絲詫異，「你能和我對話，卻不知道怎麼變身？」

「呃，這兩者之間有什麼關係嗎？」

「可是你明明能與我交流。」

三胖奇怪：「難道你不能和別的鯨魚或其他鯊魚以外的海洋生物交流？」

半人鯊用看傻瓜的眼神看著他：「我和牠們是不同的種族，怎麼可能溝通？」

「可是，你和虎鯨不都打起來了嗎？」

「打架需要交流嗎？」半人鯊翻了個白眼。

好吧，至少那也是一種肢體交流的方式。三胖在心裡默默想著。

半人鯊又說：「因為在那裡遇見你，我還以為你和我是一樣的傢伙，沒想到你竟然什麼都不明白。」

「那裡？你說的難道是那座海底墓場，那裡很特別嗎？」三胖連聲問道，「你能夠變身和那裡有什麼關係？是不是那個發著光的藍寶石——嘶，好痛！你幹嘛咬我？」

「閉嘴。」半人鯊道：「不要在外面討論這件事。」

他又說：「既然你想知道，那我們就回去看看。」

於是，在時隔一日後，三胖又跟著鯊魚回到了海底墓場。上一次他被這隻大白鯊趕了出來，這一次這隻鯊魚坐在他嘴裡搭便車。

真是世事無常。

更沒想到的是，他們在回海底墓場的路上，又遇到了那群虎鯨。對方顯然也看到了以奇怪姿勢待在三胖大嘴裡的大白鯊，但雙方沒有再次起衝突，而是互相漠視地離開了。

「你不是說下次要揍扁那個嘶嘶噠嗎？」三胖好奇問。

「你也說過，這裡是墓場。」半人鯊淡淡道：「牠們是來這裡送葬的。」

三胖很快就看到了虎鯨們的送葬對象——那隻被捕鯨船射殺的鯨魚。

三胖看到牠的時候，牠正隨著洋流緩緩下沉。看來是同伴們在奪回屍體後，將牠送回這裡安葬。

海底墓場，今天又多了一位新的居民。

三胖有些擔心在沉到海底之前，那隻虎鯨的屍體會被別的獵食者吃了，於是向半人鯊問道：「為什麼牠們不直接把牠送到海底，要丟在半路上？」

他和半人鯊還在繼續下潛，鯊魚淡淡道：「因為牠們下不來。而且在屍體抵達墓場前，別的傢伙也不會破壞牠。」鯊魚難得說了一個高級詞彙，「這是規矩。」

一時之間，三胖心情複雜。

曾經，他只把鯨魚當作一種神奇的海洋生物，遠古、神祕，但與自己沒什麼關係，頂多花錢去水族館看個新鮮。直到這幾日，自己變成了一隻鯨魚，才發現原來海洋生物並不只是活化石，牠們也有自己的生活和習俗。

不僅僅是鯨魚，這個連接五大洲的蔚藍色世界，它就像一個另類的社會，有著自己的法則。

這裡的居民不是人類的食物，也不是被玩賞的對象，牠們同樣是自然誕生的生命，會悲痛，也會死亡。

「只有回到這裡，才能得到平靜。」半人鯊說，「所有知道自己即將死去的鯊和鯨，臨死前都會回到墓場。如果牠趕不及，牠的同伴就會把牠送上歸途。牠們的屍體會成為海底生物的食物，腐爛，直到化為白骨。」

「為什麼只有鯊魚和鯨魚？」

「不知道，幾百萬個潮汐之前就是這樣。」

鯊魚以潮汐來計算時間。一個潮汐，一個漲落，代表終結，也預示開始。死亡伴隨著新生，不斷循環。

「到了。」半人鯊說。

三胖這才注意到，他們又回到了那個神奇的白骨墓場。上次來這裡的時候，由於各種原因，他沒有仔細觀看，這次地主都親自帶他回來了，便有大把的時間可以好好觀摩。

「你自己去。」

半人鯊從他的「藍鯨計程車」裡游了出來，「我有別的事。」

「別的事？可是你的傷還沒好啊。」

半人鯊鄙夷地看了三胖一眼，下一秒大變活鯊。一隻面目凶惡的大白鯊再次出現在三胖眼前，原本不到三公尺的美人鯊瞬間變成十幾公尺的海底凶獸。

大白鯊活動了幾下，倏然咧嘴，露出一口尖牙。

三胖驚悚地發現，自己竟然讀懂了牠的表情——看來是對這副身體很滿意的模樣。

「乖乖待在這裡。」

給三胖下達命令後，變回自由之身的大白鯊擺尾走了，姿勢好不瀟灑。

吃了一臉的水，三胖有些羨慕道：「能隨意地變大變小，真是跟金箍棒一樣好用啊。」

半晌，好不容易收回一顆豔羨的心，三胖決定去與大白鯊初遇的那個地方看看。

他還是無法忘記那神祕的藍光。

再次游到巨大的海底屍骸前，這一次沒了阻攔，三胖游得很近，近到可以看清巨大白骨上的紋路，和藏在裡面的那抹幽藍。

海底光線昏暗，那一抹神祕的瑩藍光芒在深海中十分顯眼，甚至照亮了周圍的區域。這就足以讓三胖清晰地看見藍色的發光體以及周圍的其他事物。

發出幽光的是一顆類似藍寶石的物質，它約莫有人類的拳頭那麼大，內部十分剔透，即便隔著一段距離，依然能清晰地看見寶石內折射出的各種光彩。影影綽綽，彷彿藏著整個宇宙。

然而，最讓他震驚的不是這顆舉世無雙的神祕寶石，而是握著寶石的那個人。

沒錯，是個人。

三胖一直以為，藍寶石是沉落在不明生物的屍骸中，游近了才發現，它竟被一個人類握在手中。當然，握著它的人早就化作枯骨，但從那熟悉的骨架輪廓就可以判斷出，這絕對是一個人，而且顱骨形狀近似於現代人類。

人類脆弱的骨頭能夠在海底保存這麼久嗎？如果他真是現代人類，又怎麼會落到巨獸屍骸之中？

三胖腦補了各種劇情：某隻鯊魚吞噬了一個不幸的罹難者，順便連帶藍寶石一起吞下肚，然後流落至此；或者這具屍骨其實來自一個遇難的南極探險家；又或者是別的情況。可是即便想出一百萬個理由，他也無法說服自己。

畢竟，從屍骸的痕跡來看，這個人已經沉入深海很久，他在這裡的時間甚至和他身旁的古生物屍骸一樣長。但如此巨大的海洋生物，早在現代人類出現以前就已滅絕。

那個時候，根本不可能有智人存在，更別提打磨完好的藍寶石。

眼前這具躺在海洋猛獸懷中的人類屍骨，究竟是怎麼回事？

潮升潮落，經年不息，但三胖無法穿越時間尋索過去的祕密。海水輕晃，猶如一層薄紗，輕輕遮住了歷史的真容，只留下穿透百萬年的呼喚，遠遠迴盪於耳畔。

「普飛亞。」

三胖突然想起初見大白鯊那日，他看見的幻景。

那個在海岸邊奔跑的少年，與眼前這具屍骸……

「你看到了什麼？」

冷不丁傳來一道聲音，三胖被嚇得差點一頭撞上巨骸。他扭頭，看見大白鯊正在身後，嘴裡還叼著一隻比之前那隻更大的烏賊。

這隻烏賊不知道是什麼品種，身軀幾乎是透明的，腦袋占據了體長的三分之二，像一個巨大的袋子。而在袋子裡，似乎還有許多細小的生物積壓在一起。

三胖定睛一看：「磷蝦？」

「給你的。」大白鯊冷哼一聲，把嘴裡叼著的烏賊袋子吐給他，「吃這些沒營養的東西，怪不得一天到晚都不長個頭。」

原來牠剛才出去是幫自己抓蝦！

一隻大白鯊，一個凶猛得甚至敢挑戰鯨魚的海中殺手，竟然為了他一隻牙口不好的鯨魚去捕蝦！這是一種怎樣無私的國際主義精神！

就在三胖感動得不知如何是好的時候，大白鯊又問：「你看到了嗎？」

牠漆黑的眼珠轉過來，配上鯊魚身形時那張駭人面容，一時竟把三胖的感動嚇回去了。

三胖急忙吞一口磷蝦壓壓驚。

「什麼看到，你說什麼？」他試圖賣萌地瞪大眼睛。

大白鯊突然脾氣暴躁起來，一尾巴拍開那一烏賊袋的磷蝦。

「告訴我！你究竟在這裡看到了什麼，藍鯨！」

第十一章 幻象

浪費糧食。

這是三胖被大白鯊鯨口奪食後的第一反應。

好可怕！

這是三胖看見食人鯊發怒後的後知後覺。

他立刻放下想要打秋風的不堅定立場，老實道：「我剛才什麼也沒看見。」

大白鯊聽罷，尖牙磨得更厲害了。可惜三胖只顧得上發抖，沒看見那雙鯊眼中一閃而逝的黯然。不，事實上，就算他看見了也看不懂。

但福至心靈般，三胖又加了一句：「不過上次我來這裡的時候，倒是看見了一些奇怪的幻象。」

「幻象？」大白鯊咀嚼著這個詞。

三胖解釋道：「就是指虛幻的、不真實的景象，哎，說白了就是明明不在眼前，卻像是在眼前發生的事。」

大白鯊明白了幻象的意思，問：「那你看見的幻象是什麼？」

三胖尋思著是不是該和牠說實話，看起來大白鯊挺關注這件事的，但不知道是哪一方面的關注。萬一自己說了真話後，對方氣得一口把自己吞了怎麼辦？

他一著急，甚至忘記自己現在的體重，十隻大白鯊湊一塊都能吃一個禮拜，才不是能被一口吞的嬌小體型。

「嗯……也沒看見什麼。」

三胖支吾道：「我、我不是看見你變成半個……半個猴子了嗎，我之前在這裡看見的幻象，就是看見自己也變成那模樣了。長頭髮，大腹肌，眼神深邃，長得超帥！」他越說越來勁，跟真的一樣，「你說我以後是不是也能變成那樣？」

大白鯊聽聞，一時心中既是失望，又鬆了口氣。

「也許吧。」他淡淡道：「既然你也被『他』召喚過來，那麼就有自己的使命。你的使命可能也會讓你變成一隻猴子。」

我本來就是一隻猴子，呸，我本來就是一個人！

三胖腹誹，但絲毫不敢露出半點異樣。

他問道：「聽你的意思，你能變成那副模樣真的和這裡有關？是藍寶石？是特殊磁場？還是那具屍骨？」他試探地問道，「你剛才說的那個『他』，是不是就是握著寶石的那個、那個猴子？」他試著用大白鯊的語氣來描述人類。

「他才不是那種低等生物！」大白鯊突然生氣了，「他是我的母親！」

母親？一個人類生了一隻鯊魚？

三胖錯愕間，只聽到大白鯊一句話還沒說完。

「——的母親的母親的母親的母親……」

他一口氣數了好幾十個「母親」。

三胖連忙道：「等等等等，我覺得你這個關係其實可以用一個詞來形容。他是你的祖先，是不是？」

「祖先？」

「就是你母親的母親的母親的……哎，反正就是那個意思。」

大白鯊明白了：「嗯，他是我的祖先。」

「那麼這個人類是女性？是母的？」

大白鯊奇怪地看著他：「為什麼祖先會是母的？他當然是和你我一樣的性別。」

……一個雄性人類，究竟是怎樣和一隻史前鯊魚繁衍出這麼多後代？三胖覺得自己的腦容量不夠用了。

他有一大堆問題想問大白鯊。祖先究竟是怎麼回事？你是怎麼知道這些事情的？還有剛才說的「使命」又是什麼玩意？你竟然懂這麼高級的詞彙？啊啊啊，不對不對，這些都不是重點！

重點是，在大白鯊之前，是不是也存在過其他能夠變成半人形的海洋生物？牠們現在在哪？還在這片海洋裡嗎？

當三胖積攢著一肚子問題時，大白鯊一甩尾巴，警戒地看著海面。

「我聞到了猴子的臭味。」海洋殺手冷冷道，尾鰭一擺，「我要把這些入侵的傢伙，全都撕碎。」

「我們好像偏離了預定航線，上校。」

海面上，中島皺眉，看著身穿軍裝的美國大兵，「您違背了您的諾言。」

「諾言？」科佐上校說，「我只負責救起你和你的船員，沒有說要把你們送到哪去。」

「你這是非法拘禁！」

「不。」科佐微笑地看著他，「我這是在逮捕違法的捕鯨者，聯合國會理解我的。」

「你、你這個——」

「我勸你還是安靜點吧，中島先生。」科佐勸說道，「要是你聲音再大下去，把那位引過來，恐怕就不是現在這個下場了。」

中島聞言一愣，像是想起什麼，臉上露出一絲懼意。

科佐滿意地看著他：「那位可不是我的屬下，我無權約束他。真惹毛了他，我也不知道那瘋子會做出什麼事，你還是乖乖在這裡待著吧。」

上校瀟灑地揮揮手，示意屬下看著這幫捕鯨人，轉身離開了房間。

他在甲板上找到路德維希的時候，那個男人正拿著瞭望筒，瞭望遠處的海面。

「幾天前，有人曾在南極附近看見一隻藍鯨。」聽到身後的腳步聲，路德維希放下瞭望筒，淡淡道。

「是嗎？」科佐聳了聳肩，「那又如何？」

「不該有藍鯨出現在這片海域。」路德維希轉過身，金色的陽光照在他臉頰上，映襯著那對迷人的綠寶石，「不可能會有！菲力普這時應該在阿拉斯加，蜜雪兒和安迪在阿根廷，尤米拉和她的妹妹還在加利福尼亞度假。南大洋的藍鯨，每一隻我都知道牠們在哪。」

路德維希的眼睛裡折射出狂熱的光芒：「但沒有任何一隻，會在這個時候出現在這片海域。」

「好了好了，我不明白你在說什麼，也不關心藍鯨都在哪裡享受假期，求求你別再念那些名字了。」面對這個替所有藍鯨都取了名字的古怪傢伙，科佐有些頭疼，「不就是出現一隻不在你紀錄上的藍鯨嗎？路德維希，世界這麼大，海洋如此遼闊，這沒什麼大不了的。」

聽見上校這句話，路德維希猶如被戳中逆鱗般低吼。

「你不懂，你根本不明白，不會有不在我紀錄上的藍鯨！我瞭解這片海洋裡的藍鯨，每一隻！」他的語氣裡帶著怒氣，「可是就在這片海域，一個星期前我才剛剛從這裡經過，現在卻突然冒出一隻我不認識的藍鯨。你認為是我判斷失誤？你會認錯你的家人嗎？科佐！」

「可那是鯨魚啊……」

「對我來說，牠們就如同我的家人。」

路德維希深深看了他一眼，收回視線，再次眺望大海。

「好吧，是我錯了，我不該懷疑你。」

知道不該再和這個偏執狂計較下去，科佐連忙投降：「那麼，你讓我們把船駕駛到這裡，還把那幾個日本人一起帶過來，究竟是為了什麼？和你那隻神祕出現的藍鯨有什麼關係？我不介意你做些自己想做的事，但是路德維希，別忘記我們的任務。」

上校壓低聲音：「不能浪費任何時間，這可是你自己說的。」

路德維希的眼神暗了暗。

「你放心。」他說，「我會讓你明白，到這裡來絕不是浪費時間。給我一點時間，科佐，現在我要親眼見見那隻神祕的藍鯨。」

「見？你打算怎麼見牠？你以為牠是被你馴養的寵物，吹個口哨牠就會過來？而且你怎麼確定牠就在這裡？」

「牠當然在這。膽敢衝撞捕鯨船的藍鯨，你之前聽說過嗎？」路德維希笑了，「我知道，就是這個可愛的小傢伙。一隻突然出現，又膽大包天的藍鯨。牠撞了人類的捕鯨船後，絕不會再往有人的地方跑，只有這裡最適合牠躲藏。」

他笑意溫柔，似乎談論的不是一個龐然大物，而是一個調皮的壞孩子。

下一秒，路德維希嘴角的笑意收斂，又變得冷漠。

「請把那些日本人帶過來，科佐。現在，立刻。」

「呃，路德維希，恕我多問一句，你準備如何對待那些捕鯨者？」

「如何？」

路德維希懶懶眨了眨纖長的睫毛。

「當然是拿去餵鯨魚。」

第十二章　突變

大白鯊似乎將海底墓場當作自己的領地。

上次三胖誤闖進來，被他毫不留情地趕了出去，現在對於這些擅自闖入的人類，他顯然也不準備輕易放過。

可是，等等，他只是一隻鯊魚，而上面是擁有現代科技的人類，從客觀角度來看，哪怕大白鯊再強悍，也不是現代科技的對手。

「別去了！」三胖說，「萬一又遇到捕鯨船，你再受傷怎麼辦？」

「受傷？」

大白鯊側過頭來，烏黑的眼珠緊盯著海面。

「我是受過傷，但這次不一樣。」說著他一擺尾巴，向海面游了過去。

三胖一愣，也跟了上去。

研究船上，中島和他的一干水手被美軍士兵們押解到甲板上。

「你們想做什麼？」中島吼道：「這是虐待平民，我要向大使館抗議你們的做法！」

科佐笑：「只是請你和你的水手們上來透透氣而已，中島先生，何必這麼生氣？」

中島冷笑一聲，絲毫不相信他的說辭。

他不知道這幫偽裝成研究補給船的美國人，究竟想要在南極幹什麼好事，但就他這段時間觀察下來，這幫人的目的絕不是單純的科學考察。

他心驚於自己的發現，同時更擔心這些美國大兵不會放過自己。

「科佐。」路德維希站在船舷邊，「把他們帶到這裡。」

他站在風口，狂風吹亂了他的瀏海，叫人一時看不見他的眼睛以及潛藏在那雙眸中的銳利目光。

科佐命令一名士官將他們領到船舷，站在狹窄的地方，周圍都是虎視眈眈的異國軍人，更加刺激了這些倒楣的捕鯨人。

「你們究竟要做什麼！」中島驚恐地看著路德維希，他被推到最高處，再跨一步幾乎就要跌進海裡。

「聽著，如果你們殺了我，我們的人絕對不會善罷甘休！」中島色厲內荏道，「你們不能這樣對我，你們會後悔的！」

聽著他驚慌失措的叫喊，路德維希淡淡笑了一下：「你似乎很珍惜自己的性命，船長先生。」下一秒，他嘴角的弧度消了下去，「但你的捕鯨炮對準其他生物的時候，卻不那麼悲天憫人。」

中島眼神閃爍，開口道：「我、我是迫於生計，難道要讓我為了一隻鯨魚的生命，餓死我們船隊幾十口人嗎？這不公平！」

路德維希絲毫不為所動：「是嗎？那麼不能捕鯨的時候，你們日本漁民難道就全部餓死了？」他譏諷道，「理由太蹩腳了，船長先生。更何況你們所謂的捕鯨，總是假借科學研究的名義來滿足自己的私欲。在這一方面，日本人已經毫無信譽。」

中島臉色一變，知道多說無益。他忿忿道：「為了一隻鯨魚，一隻沒有大腦的畜生，你竟敢這麼對我，你還有沒有人性——」

「砰！」

他話還沒說完，就被人按著頭一把壓在船舷的欄杆上。額頭貼著冰冷的金屬，寒風如刀般颳過臉龐，中島聽見身後傳來一個冷冷的聲音。

「的確，對付你這種人，根本不需要什麼人性。」

一股壓力襲來，幾乎將中島上半身甩出船舷。

「不，救命！救命！」

中島倉惶地抓著欄杆，看著船舷下藍黑色的海水，心裡的恐懼將他徹底淹沒。

他冷汗直流，激動的情緒到達巔峰。然而，惶恐於死亡的中島沒有注意到，隨著寒風將他的氣息逐漸帶向遠方，四周的海域也開始產生變化。

這裡離南極大陸並不遙遠，如今，天空卻看不到任何一隻飛翔的鳥兒。海中的生物似乎也悄無聲息，整個海域一片平靜。

路德維希鬆開手，靜靜笑道：「來了。」

只是最先出現在他視野裡的並不是想像中的藍鯨，而是一群虎鯨。牠們標誌性的黑白顏色十分顯眼，即使在海水中也可以清晰辨別。

首先躍入眼簾的是牠們高高的黑色背脊，一道道黑鰭從海中逐漸浮出水面。一條虎鯨騰空而起，又下落鑽入水中。在離開水面的剎那，牠黑色的眼睛掃視著甲板上的人類，令人不寒而慄。

科佐一摸手臂，雞皮疙瘩都起來了。

「奇怪。」他喃喃道，「這些傢伙是成精了嗎？我怎麼覺得剛才牠好像在瞪我？」

路德維希瞥了他一眼，又望向海面：「沒想到竟然是牠們。」

「不會吧？別告訴我除了你那些藍鯨小寶貝，你連這群虎鯨都認識？」

「當然不認識。」路德維希說，「牠們又不是我的遠房親戚。」

科佐覺得他這句話說得簡直有趣，難道他對藍鯨感興趣，是因為他是藍鯨的遠房親戚不成？

「不過這群虎鯨的確記錄在案，沿海的科學考察所都有針對牠們的研究。」

路德維希接著道，「牠們是虎鯨中比較強大的一個種群，做過一些引人矚目的事件，為首的首領甚至曾經闖入美軍的海軍基地。我能認出牠們，是看見了牠們首領右眼的傷疤。『疤眼』——是幾個學者給牠取的外號。」

科佐下巴快掉地上了。

「這外號聽起來比我的威風多了。可是，牠們為什麼會出現在這裡，你不是在等待藍鯨嗎？」

路德維希看著已經被士兵們帶離船舷的中島。

「來報仇。」他說，有些無可奈何道，「虎鯨總是十分記仇。」這語氣，倒像在說一群愛惹麻煩的鄰居。

就在他們說話的這段時間，虎鯨們已經將研究船團團包圍，繞著船巡游。

看著那些時不時浮出海面噴一口水汽的殺人鯨，士兵們握著武器嚴陣以待。

他們不敢隨意開槍，也不知該如何是好，倒是被這群虎鯨給困住了。

「現在怎麼辦？」科佐煩惱道，「難道我們也要求救，讓基地派直升機出來接我們？路德維希，這可是你惹出來的麻煩。」

他喊了幾聲，卻不見身邊的人回話，扭頭看去，卻見那瘋狂的傢伙竟然直接站到船頭，神色激動地看著不遠處的海面。

「來了，牠來了！」路德維希激動道：「我能聞到牠的味道！」

三胖有些不太舒服。

那感覺，就像剛剛被人灌醉卻還要強裝鎮定，整個腦袋都暈暈的。我現在這算是酒駕嗎？他跟在大白鯊後面，有些自娛自樂地想。

這種異常狀態，從第二次靠近那顆藍寶石後就開始了，只是之前太過輕微，被他忽視了，現在不適感越來越強烈，三胖卻沒有時間停下來休息——因為他還要關照前面那隻熱血上湧的鯊魚。

所以說只知道用武力解決問題的傢伙實在是太麻煩了！三胖嘟囔著，很不開心。

大白鯊一心想報復進犯他領域的人類，根本沒有注意到藍鯨的異常。當他抵達海面後，終於發現身後的藍鯨安靜得有些過分。

大白鯊問：「你怎麼了？」

謝天謝地，你終於注意到我了。

「說真的，我不建議你去找那些人類單挑，太危險了。」三胖連忙道，「你單槍匹馬，人類卻有很多武器，而且就算你報復了他們，也只會引來更多的人。我可不想看見你變成餐盤上的魚翅。」

水流從大白鯊張著的嘴灌進，又從牠兩邊的鰓裂流了出去。聽了三胖的一席話，冰冷的海水似乎也稍微平息了牠內心的怒火。

大白鯊看著眼前這隻小藍鯨。

「你擔心我？」

「不不，我這不僅僅是擔心，是考慮到我們目前盟友關係後的綜合考量，要說到……」

「你擔心我。」大白鯊打斷他，這次用了陳述句。

三胖停了下來，看著對方的黑色眼睛，這一次他竟然在鯊魚臉上看到了一絲期待和不安，像是在等待什麼，又像是在害怕什麼。

他只好承認。

「我是擔心你，但我也不想讓你和人類鬧僵，我……」

他一句話還沒說完，就感覺到大腦一陣劇痛，像是有人拿著高音喇叭塞到他腦袋裡，還調到了最高音量。

一時之間，附近的聲音無止境地傳入他腦內。

「捕鯨人，報仇，報仇……」

「這些該死的美國佬。」

「我們被虎鯨包圍了。」

除了這些清晰的聲音，還有許多不成句的細微意念同時傳達過來。它們來自魚群、海豚，甚至是構造最簡單的軟體動物。

只要是生命，就會有產生意念，進食、交配、競爭，這些不同頻率的意念同一時間全部強行擠入三胖的大腦，震得他腦袋生疼。

最後，迴響在三胖耳邊的是最清晰的一句話。

「終於找到你了。」

那聲音直接貫穿他的大腦，帶著一絲嘆息與懷念，卻讓三胖感到劇烈頭疼。

幾乎在同一時間，三胖感覺到身邊的海水一陣熱流湧動，滾燙的海水沖擠著他的皮膚。

大白鯊再度變為半人形，對著海面露出嘴裡的尖牙，漆黑的眼眸好似醞釀著即將爆發的岩漿。

他似乎明白三胖遭遇了什麼，因此變得極為憤怒。

「放開他！」

半人鯊的意念如同威力巨大的氫彈，在三胖腦內轟然炸開。

第十三章　進化

識海中，突如其來一道攻擊性極強的意念，驅逐了路德維希的意識，也讓他本人遭到反噬。

「路德維希！」

看著老朋友突然跌倒在甲板上，科佐慌忙衝了上去。

「你怎麼了？」還是第一次看見路德維希面目蒼白成這副模樣，科佐不禁焦急道，「怎麼突然就倒在地上？是低血糖嗎？今天是不是又沒吃早餐？我不是跟你說過要早睡早起、飲食健康……」

「科佐。」路德維希打斷這個嘮叨的傢伙，「我沒事。」

說著他已經甩脫科佐的攙扶，自己站了起來，模樣看起來精神奕奕，完全不像是幾秒鐘前突然癱軟倒地的人。

明明大腦還在陣陣鑽心地疼，他卻低聲笑了起來。

路德維希很早就知道，自己與一般人不一樣。

他無法分享常人的喜悅與悲傷，不能理解他人的情感與欲望，明明待在人群之中，卻總覺得自己孤獨得像個異類。

這種感覺，一直到他加入了一個海洋研究所後才有所緩解。大海的廣博給了他一個更大的世界，讓他從原來被束縛的生活中掙脫出來。與此同時，他越接觸大海，也越深入地發現藏在自己身上的祕密。

直到後來，路德維希加入了一項聯合計畫，他才知道這個世上與眾不同的人不只自己一個。隨著計畫展開，他更發現了一個匪夷所思、足以顛覆任何人常識的巨大祕密。

為了證實心中的猜測，他不惜一切獲得更多的線索，直到今天——

路德維希揉了揉太陽穴，試圖緩解大腦的疼痛。剛才的那道攻擊，讓他到現在都還有點緩不過神來。不過，也不是沒有收穫。

他看向遠處的海平面，不出意外地看到一束直沖天際的水柱，還有一個在水柱邊徘徊打轉的背鰭。

路德維希知道，自己等待已久的藍鯨就在那裡，而牠的身邊，還有另一個守護者。

「有趣。」

他勾起嘴角，眼神中透露出一絲狂熱。

科佐狐疑地看著他：「你又發什麼神經？」

「沒什麼，只是突然發現，這世上還有很多我不知道的事情。」路德維希轉身走下甲板，「我們離開吧。」

「離開？」

那些日本人怎麼辦？虎鯨呢？你的藍鯨寶貝你也不見了？

科佐滿腹疑惑，可是路德維希一句話就打消了他的猶疑。

「我找到了一些線索。」路德維希說。

短短一句話，立刻就讓科佐閉嘴乖乖地跟在他身後。走到一半，上校像是突然想起什麼說道：「艾維斯，把那些捕鯨者放下來，用不著他們了。」

士兵們聽命遵從。

這時被拉離船舷的中島等人，神志已經有些不清了。科佐走過去查看他們的狀況，卻迎來惡狠狠的一瞥。

他一愣，隨後湊過去低聲道：「你恨我們，中島先生？」

答案不言而喻。

「放心，作為守法的紳士，我們不會對你做什麼。只是如果你回去以後想對外洩漏有關這裡的情報——」他笑了笑，說出的話卻令人不寒而慄，「那就別怪我們手下不留情了，先生。」

他站起身，拍拍手。

「帶他們下去，好好照看。在轉交日本大使館前，別再生事端。」

中島等人被半扣押著帶離，他一直低著頭，緊抵的雙唇幾乎要咬出血來。

五分鐘後，研究船放出聲波干擾鯨群，終於得以成功脫身。

這時的三胖還在疼痛的折磨中。他又出現了幻覺，一會兒發現自己因為犯了錯而被上司數落，一會兒夢見國中某次考試挨班導的罵。

「我沒有作弊！」三胖憤憤不平，「是他們陷害我！」

「是嗎？那為什麼紙條會在你的筆袋裡？」

周圍是旁觀者竊竊私語的身影。

「瞧那個傻胖子。」

「一身肥肉，看著就蠢。」

「我就知道他成績那麼好，肯定是作弊……」

「對啊，平時那麼孤僻，誰知道他究竟在打什麼小算盤。」

老師又問：「如果你說實話，我還可以原諒你。」

可是真的不是我。

三胖委屈地想。為什麼要懷疑我？為什麼沒有人相信我？

周圍的人都用厭惡的目光看著他，彷彿他的存在就是一種汙穢。

他額頭汗水淋漓，拚命想為自己辯白。慌亂中，他抓住一個人，問：「不是我，我沒有作弊，你相信我嗎？」

那人低頭看了他一眼。

「我相信你。」

三胖一愣，抬頭看向對方，卻只看到一縷璀璨的銀髮……

大塊頭藍鯨終於清醒了過來，一睜眼，就看到一張美到天怒人怨的臉龐湊在自己左眼前，近得幾乎可以清晰地看見對方臉上的毛孔。然而可惡的是，這傢伙皮膚居然好到沒有毛孔！

三胖心裡嫉妒，忍不住想伸手去掐一把。他伸出手，沒碰到，再伸手……只帶起了一股水流。

「你做什麼？」

半人鯊退後一步，皺眉看他。

「我……」

三胖這才想起來，自己現在不是一個「人」，而是一隻鯨魚，這裡也不再是他以前生活的世界，而是遠離人間繁雜的海洋。之前做夢夢到的，不過是遙遠童年的一件往事。

不知怎麼地，當時被孤立的孤獨與絕望，一直深藏在心底。彷彿世界再大，也只有他一人。

一時之間，感慨萬分。

收起心緒，三胖突然想起自己是在頭疼中失去了意識。當時，這隻大白鯊正準備去單挑人類。

「研究船呢？」他連聲問，「你沒過去吧，後來有發生什麼事嗎？」

對於他一睜眼就是問與自己相關的問題，半人鯊感到很滿意，看見藍鯨睜著眼睛看自己的可憐模樣，便紆尊降貴地道：「我把那隻對你動手的猴子趕走了，不過他跑得太快，沒能殺了他。」

說到這裡，半人鯊英俊的臉龐露出一絲不快，似乎在為自己的失手感到憤恨。

三胖糊里糊塗，完全聽不懂。猴子……不，有人類攻擊他了嗎？他怎麼覺得是自己頭疼，然後就失去意識了呢？

「我只是聽到了很多聲音。」三胖試著解釋道，「分不清哪裡來的，像是很多人同時在我耳邊說話……是因為別人攻擊了我？」

「不。」半人鯊看著他，眼神複雜。

「這是進化。接觸過心臟後，我們會有不同程度的變化，看來你的進化是在大腦。」他想了想，又道，「怪不得你在沒進化前就能與我交流，原來你的能力是溝通。」

什麼玩意？「心臟」是指藍寶石嗎？「我們」指的又是什麼？

三胖覺得自己的翻譯系統大概出了問題，不然怎麼總聽到一些莫名其妙的詞彙？

但三胖不愧是個好學生，在孜孜不倦地追問下，總算弄明白了。

原來之前的那些「幻聽」，來自於接觸藍寶石之後的異變，半人鯊稱之為「進化」。

似乎每個接觸過藍寶石的生物都會有不同程度的改變，而這些能夠接觸藍寶石的特別的海洋生物，被半人鯊稱為「我們」。

這個群體沒有特定的分類，可能是一隻鯊魚，也可能是一隻海豚。唯一擁有的共同特徵，大概是全都有遠超一般同類的龐大身軀。

牠們有的在進化後強化了捕獵能力，有些則是能夠化形，而三胖的進化是能夠「聽」到不同種族或不同生物的意識。

他能夠透過擴散自己的意念，感受附近生物的意識。之前的頭痛，正是因為他的能力蛻變而引起。

「之後肯定還會有進一步的改變，你要做好準備。」半人鯊告誡道，「在蛻變的時候，不要讓陌生的傢伙接近你。」

大白鯊諄諄告誡時，三胖則是沉浸在一種莫名的情緒裡。

他竟然有超能力了！

雖然現在作用還不是很大，頂多是一臺多功能的調頻收音機，但這至少這是希望的曙光啊。說不定能力繼續進化後，他就會有各式各樣酷炫的技能。

想想看，以後拯救世界的除了蜘蛛人、鋼鐵人、綠箭俠，還多了一個藍鯨俠！或者應該叫「藍鯨靈」？

在三胖深陷在英雄情節裡的時候，潑冷水的鯊魚毫不留情道：「剛才你能力進化，影響到周圍，讓我和另外一個傢伙都感應到了你的意識。」

半人鯊恨鐵不成鋼地道：「你這樣毫無防備地敞開自己，要不是我及時發現，你就要被那隻猴子強制交尾了！」

三胖一個激靈，整隻鯨都抖了一下。

「你說什麼……」

他覺得自己大概是幻聽了，不然怎麼會聽到這麼令人尷尬的詞彙？

半人鯊打破了他的僥倖。

「交尾。」他皺眉，看著三胖的神情就像在看一隻水性楊花的雌鯊：「隨便把自己的識海向別的傢伙敞開，不就是在引誘他對你做下記號，占領你的意志嗎？

這與交尾有什麼區別？」

然後，鯊魚鄭重告誡道：「不過你別想用這一套勾引我，我不會上當。」

他信誓旦旦，說得跟真的一樣。

第十四章　爭執

原來這世上除了肉體強姦，還有一種強姦來自於精神。

這兩者的唯一區別，就是一個可能懷孕，一個不會。

在承受了大白鯊幾次鄙視的眼神後，三胖終於弄明白自己被罵得狗血淋頭的原因。

之前他能力進化的時候，沒能控制好自己的腦波，向周圍靠近的所有生物都發出了訊息。

用半人鯊的話來說，這等同於一隻發情期的雌性鯊魚到處向雄性散播自己的氣味。這不是赤裸裸的挑逗嗎？

而被三胖挑逗的傢伙中，竟然有人打算將錯就錯對他下手。

半人鯊對此嗤之以鼻，這是何等跨種族的重口味戲碼。

不對，三胖整理了一下自己越飛越遠的思路，神色古怪道：「你是說當時有一個人類感應到了我的腦波，哦，我的意識，然後打算標記我？」

半人鯊輕掃了他一眼，銀灰色的睫毛刷過眼眸：「他打算趁你開放意識，在你大腦裡強制打入印記。一旦成功，無論你走到哪裡，都會被他感應到。這就等於你們結為了伴侶。」

「她是女人？」

「我很肯定，那是一隻雄猴子。」

「那他以為我是一隻雌鯨？」

「意識交流時，能感應到彼此的一切，他當然知道你是雄的。」

三胖覺得自己的三觀又被重鑄了：「那他為什麼要標記我？我們不同種族，還同一性別！」

半人鯊奇怪地看著他：「這有什麼關係？」他說，「如今海洋中我們的族裔寥寥無幾，為了找到適合的伴侶，甚至要等待上萬個潮汐，為什麼還要考慮別的？」

作為少數可以進化的個體，三胖他們與原本所屬的族群已經可以說是完全不同的物種。比起一般的鯊魚或者藍鯨，他和半人鯊之間的羈絆反而更深。

三胖想，姑且將可以進化的海洋生物稱之為「藍石後裔」，這些來自不同物種的進化者，本身就構成了一支新的物種。而牠們最終進化後的形態可能非常相似，這樣一來，刻意區分彼此之間的原種差別，倒是不怎麼必要了。

藍石後裔之間互相結為伴侶，與牠們進化前的種族和形態無關。

「不對。」三胖突然反應過來，「你說想要強姦我的是個人類，他並不是能夠進化的海洋物種，我怎麼可能會和他成為伴侶？」

半人鯊的表情像瞬間吃了一嘴的海藻，他掩飾道：「當然不是。總之，猴子對你不懷好意。」

三胖懷疑地看著他：「普通人也可以感應到我的意識？難道不是只限定於海洋生物？」

「這是你的能力，我怎麼會清楚。」半人鯊撇過頭不看他。

三胖看了他半晌，突然道：「既然我和那個人可以互相感應，是不是意味著我和他能成為伴侶？」

「你敢！」

半人鯊突然轉過頭來，銀髮在海水中甩出漂亮的弧線。

「你不可以和那個傢伙成為伴侶！」他咬牙切齒道，「他只是一隻猴子。」

「是嗎？但是我挺喜歡人類的模樣。」三胖故意道，「不知道那個人長相如何？」

看他越說越起勁，半人鯊氣壞了，而他生氣的表現，就是身上的星斑全都在散發著光芒，看起來就像一顆移動的燈泡。

燈泡在三胖身邊游來游去，不平靜地低吼：「那是一個陸地生物！沒有強壯的鰭，沒有堅實的表皮，也沒有鰓，你們不會有未來的！」

三胖饒有興趣地看著半人鯊的燈籠模樣，根本沒注意他說了什麼。

半人鯊的心越來越沉，他伸出手，狠狠抓住藍鯨的大嘴，一口咬了下去。

三胖嚇得差點又把鯊魚一口吞了。

「你幹什麼！」他惱怒道，「我可不想再吐你一次。」

半人鯊鬆開他，冷冷說：「你們鯨總是這樣，妄想回到陸地！別忘記你是我找到的，如果你未經我允許就尋找伴侶，我會把你吃了。」他裂開嘴，猩紅的鯊口直對著三胖。

三胖又怕又氣：「那你要我做一輩子單身鯨嗎？還是你打算綁著我，給你自己做老婆？」

半人鯊抓著三胖的手像是被燙到一樣，突然縮了回去。

「不准勾引我！」半人鯊惡狠狠道，「我不會上當的。」

說完，他一甩尾巴，往深海游去。

三胖看著他發火離開，覺得十分莫名其妙。同時，他也發現半人鯊其實還有很多事情瞞著他。

之前他就想過，為什麼大白鯊口中的「祖先」，竟然和近代人類的骸骨如此相似。現在又遇到了一個可以與他溝通的人類，讓事情變得更撲朔迷離。

三胖想起失去意識前，那個在腦海響起的陌生聲音。

深海。

「終於找到你了。」

這句話潛藏的資訊，足以把他的大腦撐爆。

看著頭頂漆黑的夜空與身下倒映著星辰的大海，三胖深深嘆了一口氣，游回深海。

那天吵架後，大白鯊就不大理睬三胖了。

雖然他們現在都棲息在海墓附近，算是半個鄰居，但早起晚歸碰面的時候，大白鯊就像沒看到他這隻鯨一樣，熟視無睹地游了過去。

要說他完全不理睬三胖嘛，也不是。這傢伙每天都記得送磷蝦給三胖，足夠三胖好逸惡勞地在海裡打滾也不會餓死。

「其實我會自己狩獵啊。」

三胖喃喃自語，卻也不打算找半人鯊問個究竟。

就讓那傢伙自己鬧彆扭吧，他還有別的事情要解決。

這幾天，三胖一直待在海底墓場潛心研究藍寶石和那個「祖先」的骸骨。他心裡有一個荒謬的猜測，不知如何印證，又不能問鯊魚，只能自己繼續探索海墓。

在那隻龐大到足以做為整座海墓基地的巨獸屍骸中，他逐漸找到了一些鏽跡斑斑的奇怪岩石，湊近了用舌頭舔一舔，嘗到一股不明顯的鐵鏽味。

三胖瞪大眼睛。這是金屬，而且是經過冶煉鍛造的金屬！

不知名巨獸身上的鍛造金屬全在右肢的部位，那裡的骨頭碎裂得比他處更為厲害。這代表巨獸的右肢曾經受過傷，這些金屬很可能類似義肢，是一種輔助器具。

但是，這不可能。

人類冶煉銅礦不過是近幾千年的事，金屬治療輔具的使用年代則更近，且因各種原因，一直無法推廣。

這隻巨獸明顯是古代文明之前存在的生物，在那個時候，就存在能夠冶鐵的文明嗎？

未知的史前文明。

這是三胖想到的唯一一個答案。

這也解釋了為何會在巨獸的屍骨中發現一具類人屍骸，因為那個根本不是現代人類的屍骸，而是來自一個已經滅絕、不為今人所知的遠古文明。

一個遙遠的、和巨型海洋生物生活在同一時期的史前文明，它可能是人類不知名的文明興盛，也可能是由另一個種族所創造。

歷史沒有留下任何記載，看來這個文明已經隨著地球上的巨型生物消失得無聲無息。

雖然海底墓場留下了很多線索，但三胖知道，更多關於神祕文明的線索可能藏在南極大陸的深處。

他突然想去南極內陸看一看。

前提是，他得有一雙腿。

第十五章　取名

人類和猩猩的區別是什麼？

三胖說：是直立行走。

人類擁有一雙可以長期直立的腿。它不是平凡的腿，是有尊嚴的腿！是自人類可以直立行走以來最為顯著的標誌！

啊，腿，多麼偉大的腿，它解放了人類的雙手，締造了生命的奇蹟。如果上天再給我一次機會，我願意……

「你願意什麼？」

在三胖歌頌著自己兩腿直立的美好時光時，背後一道幽幽的聲音打破了他的美夢。

「誰！」三胖嚇得一個激靈，他惱怒地看著半人鯊，「又是你，你游泳都沒聲音的嗎？」

半人鯊不屑道：「發出聲音會把獵物嚇跑，只有最無能的捕獵者才會暴露自己的行蹤。」

三胖覺得自己深深中了一槍，他每次行動起來都是驚天動地的。畢竟以前是人，變成藍鯨後業務還不嫻熟。

「吃吧。」半人鯊吐出一烏賊磷蝦，嫌棄地說，「以你的本事，只會餓死自己。」

不得不承認吃人嘴軟，一看到食物，三胖立刻熄了和對方爭執的心思。

「你是出來找我的？」吃到一半，想起兩魚還在冷戰的三胖問。

「我看見你不在巢穴，出來看看。」半人鯊斜眼道，「畢竟你這麼沒用，連一顆尖牙都沒有，說不定就被人類拐走了。」

這傢伙擔心就直說嘛，何必拐彎抹角，三胖悶笑。當然他不敢直接拆穿對方，否則鯊魚惱羞成怒，受罪的還是自己。

「那不生氣了？」三胖討好地問。

半人鯊白了他一眼，顯然不屑於回答如此低智商的問題。

海底暗流拂過，銀色的長髮劃過藍鯨的鰭肢，輕微的觸感弄得三胖有點癢。

「我發現，你最近一直都保持半人形的模樣。」呆呆看了美人鯊半晌，三胖突然出聲問道，「你不是不喜歡？」

雖然他挺喜歡長髮飄逸的鯊美男，可大白鯊審美觀與他迴異，按理說傷口恢復後，應該巴不得立刻變回去。

半人鯊的臉色一紅，下一秒又變得蒼白，他惡狠狠地盯著三胖，就像看一個負心寡情的混蛋，把藍鯨看得都快食欲不振了，才撇頭道：「不用你管。」

三胖哭笑不得。不過有這個愛吵架的傢伙在，他總有個解悶的伴。不然在這一望無盡的深海裡，思考著那些遠古的史前故事，他真覺得自己有可能會得憂鬱症。

三胖輕嘆道：「真好，還好有你在……」

他的本意直率單純，但在半人鯊聽來，這句話卻顯得有些繾綣多情了。

半人鯊猛地盯著藍鯨，看著這傻乎乎、只知道低頭啃蝦的大塊頭，忽然覺得心裡像是有一隻章魚在七手八腳地撓啊撓。

他冷不丁地來了一句：「你不問我真名了？」

三胖一愣，不知道他為何不回答自己問題，反而提起這久遠的事。

「不問了吧。」三胖大刺刺道，「你不是說那是你老婆，哦，就是伴侶才有資格知道嗎？我又不是，問那幹嘛？」

說完他就發現不對勁，剛才心情還不錯的半人鯊瞬間臉就黑了。

難道自己又說錯話了？

看著半人鯊的黑臉，三胖連忙道：「當然，也、也不是只有這個原因，只是你的真名不方便隨便說出口，我又是個口無遮攔的人……對了！不如我幫你取一個名字，這樣就沒問題了！」

「你確定？」

半人鯊的怒火瞬間清退乾淨，他只聽懂了三胖的最後一句話，然而這就足夠了。他看著三胖，用一種奇怪的語調道：「你要幫我取名？」

「是啊。」三胖小心翼翼，「不行嗎？我想我們也不是一般的關係了，總是你你我我地喊來喊去終究不太好。」

不知道這句話裡哪個詞取悅了半人鯊，他的俊臉終於再次浮出一絲笑意。只見他甩著漂亮的銀色尾巴，上上下下繞著三胖轉了一圈，打量著三胖的每一寸身體，甚至還鑽進他的嘴裡看了看舌苔。

三胖覺得自己要是有汗毛，肯定都根根豎起來了。

終於，半人鯊結束了自己詭異的行為。

「可以。」他傲慢地抬起下巴，「我允許你為我取名。」

話說完，他就眼巴巴地看著三胖，一副極為期待的模樣，背後的小背鰭還左搖右擺，完全掩藏不住自己喜悅的心情。

三胖不由得想起了某些犬科動物。

這傢伙究竟怎麼了？不就取個方便稱呼的外號嗎，這麼一驚一乍的。

直到此時，三胖還不知道自己一念之差做出了一個怎樣的決定。很久之後，當他終於明白真相，開始百般痛恨自己當年天真弱智之時，已經完全無法彌補了。

「這樣。」三胖說，「既然我是在墓場遇見你，你又是大白鯊，不如叫你『慕白』如何？」

出於某種不為人知的心理，三胖取名時加入了一點小私心，本來想日後拿來取笑大白鯊，沒想到最終卻成了自己永世不得翻身的鐵證。

那些懊惱和憾恨都還是未來的事，此刻，他為半人鯊定下了一個只屬於他們的名字，卻也在無形之中訂下了契約。

在很久以前，也曾有人用名字與海獸訂下契約。不過，那是在南極還未被冰川覆蓋時的事了。

「慕白？」因為只是意念交流，沒有發出聲音，對於三胖取的這個名字，半人鯊完全不解其意。不過這並不妨礙他一遍又一遍重複著這個名字。

「慕白，慕白，慕白……」他突然道，「你給我取了名，可我還不知道你的名字，我也幫你取一個？」

「不不不不！」三胖連忙拒絕，他現在想起半人鯊替虎鯨取的稱號還心有餘悸。他可不想叫什麼嘶吧噠、啾啾噠之類的奇怪名字。

「我有名字。」他悄悄地對半人鯊念了一次，看著對方緊蹙的眉頭道，「你不懂沒關係，等我以後能變得像你現在這樣了，我就教你怎麼讀。」

是真正的「讀」，而不是意念的交流。

慕白點點頭，嘴角噙著一絲笑意，胸前的星斑又在閃爍著光輝。

三胖發現，只要他情緒有起伏，身上的星痕就會隨之發出光芒。雖然不知道原理為何，但用來判斷大白鯊的情緒，簡直再方便不過了。

取了名字後，三胖就開始光明正大地使喚大白鯊：「大白，你在這裡待了這麼久，知不知道怎樣才能快點進化？」

慕白游近他：「你要快點進化？現在還不夠快嗎？」

三胖面不改色地扯謊道：「越快越好，我想變得和你一樣嘛。」

這句話簡直直戳大白鯊心口，聽得他舒坦無比。

慕白在原地遛了個圈，道：「我有辦法。」

三胖洗耳恭聽，可誰知，這隻鯊魚的下半句話竟然是：「你把心臟吃了，就可以快點進化。」

吃掉那顆藍寶石？

三胖驚道：「可是這樣我會消化不良，會便祕！」

慕白聽不懂「便祕」的意思，依舊看出了三胖的不情願。他道：「接觸心臟是加速進化的唯一方法。你現在已經離它很近了，想要更快的話，只有把它吞到身體裡。」

「……讓我再想想。」在盡快擁有一雙大長腿和吞下不明寶石之間，三胖有些猶疑。

就在他遲疑不決時，人類世界卻發生了一件大事，一件足以改變歷史的大事。

美國，華盛頓，白宮。

總統和他的辦公室小組已經有幾個月沒有好好休息了。他們每天都在為各種事情忙碌，現在計畫表上又新添了一項重大專案。

「總統先生。」祕書敲了敲門走進來，「會議將在半個小時後舉行。」

「知道了。」總統揉著眉心，「現在就去準備吧。」

半個小時後，總統準時出現在會議廳。奇怪的是，他的身旁除了負責記錄的祕書，並沒有其他與會者的身影。

在他身前，只有一個攝影鏡頭，遠處則是一面白色螢幕。

「會議時間到了。」祕書說著，打開機器。

幾乎是瞬間，整個會議室內便坐滿了人。他們並非實體，而是許多虛擬人形同坐在一張的圓桌邊，投映在螢幕之上。總統的身影也出現在其中。

投影螢幕上有歐亞美非各色人種，他們每一個人都代表著一個國家或者一個地區。

這是一場祕密會議，每一個與會者的身分在世界上皆舉足輕重。

「各位。」最先開口的是一位高鼻深目的中年人，他為在場眾人帶來了一個壞消息。

「今天早上，我們的科學家經過最新測量。時間又縮短了。」

此言一出，全場傳來陣陣低嘆。接著不斷有人發言，帶來的消息卻讓整個會場又陷入一陣沉默。

「總統先生。」祕書在這時湊近他耳邊，「軍方的加密檔案。」

「這時候我哪有時間……」總統正打算發火，卻一眼看見檔案的加密等級，他立刻翻閱起起來。

須臾，一絲笑容出現在他的嘴角。

「諸位！」總統提高音調打破沉默，對著在場的與會者道，「我有一個好消息要與你們分享。」

他高舉檔案吸引眾人的視線，因為他確信，這則消息將打破冰凍已久的僵局。對所有與會者來說，這無疑是一個佳音。

文件的右下角則標注著它的來源。

——南極，高躍計畫。

一場史無前例的風暴，將襲捲這個偏僻之地。

第十六章　狩獵

吞吃藍寶石的事最後不了了之。三胖生怕自己吃出什麼毛病來，暫且放下加速進化的心思。

在海墓連續待了幾天，三胖漸漸有些靜不下來，他對大白鯊提議出去走一走，半人鯊同意了。

於是，風和日麗的一天，三胖和慕白準備出一趟遠門。

遠游的地點是大白鯊提出來的，他實在看不慣三胖蹩腳的捕獵方式，準備借機好好教導一番。

「你母親究竟是怎麼教你的？」慕白蹙眉道，「你獵食的時候一點技巧都沒有。」

我老媽只教了我怎麼拿筷子，可沒教我怎麼用嘴生吞魚蝦。三胖心底默默吐槽。

「不會餓死就好嘛。」他得過且過地道，「反正也餓不死。」

「那是因為有我在，獵食者不敢在這裡搶走屬於我的食物。」慕白冷冷道，

「如果讓你遇到競爭者，或者待在食物稀少的海域，不出幾天，你就會光榮地成為墓場第一個餓死的新住戶。」

大白鯊在三胖的教導下學了許多新詞彙，出師後第一時間就用來嘲諷他的語言老師。

默默回顧了一下自己吃到的第一口食物，三胖發現那是在海豚的幫助下幾乎送到他嘴邊的磷蝦。之後幾次大多由慕白打包送上門，他自己捕獵的次數屈指可數。

這麼一想，三胖立刻發覺了事態的嚴重性——他，竟然成了一隻被包養的藍鯨！

住鯊的，吃鯊的，用鯊的，這不是被大白鯊包養了還能是啥？不，不行！堅決不做小白臉鯨，這是作為一個雄性的最低操守。

「好吧。」三胖沉聲道，「我願意跟你學習捕獵，但你要怎麼教？」

「跟我來。」

慕白一甩尾巴，變成體型巨大的大白鯊，帶著三胖在海底穿梭，開始他們的捕獵之旅。

一鯨一鯊不知順著海流游了多久，三胖時不時地浮出海面，看到天空從淺橘色慢慢變作紅橙，朝陽正從海平面一點點往空中爬升。

看著遠處那碩大的半圓，三胖吞了吞口水。

「好想吃荷包蛋啊。」

慕白游過他身邊，只以為他是餓了：「那就加快速度，你的尾巴是擺設嗎？游這麼慢。」

被教練罵了，三胖只能無奈地埋頭前進。不得不說，在大白鯊嚴厲的教導下，他前進的速度果然提升許多。

在高速破開水面，享受海水親吻肌膚的感覺時，他第一次體會到在海中暢游的快感。

時速快有五十公里了吧？沒想到有朝一日我也能變身海底小摩托嘛，三胖美滋滋地想。

嗖的一聲，時速超過六十的大白鯊從他眼前閃過。

「太慢。」對方斥責道。

三胖捂住自己受挫的小心臟，默默地跟了上去。

直到正午，大白鯊才稍微放緩了速度。他們不知游到了哪一片海域，海面無風無浪，視野格外遼闊。

「就在這裡捕獵嗎？」三胖忐忑地問。

「安靜。」慕白道，「集中精神。」

三胖學著鯊魚的樣子屏息凝神，沒等多久，天空便飄來一片巨大的白雲。不，仔細一看，那竟然是一群海鷗！

足有成千上百隻海鷗聚在一起，牠們彼此靠近，讓三胖幾乎以為是一朵雲。

海鷗們搧動著翅膀從海上飛速掠過，海面波浪起伏，似乎有什麼東西潛藏在水下。等牠們逼近了，三胖才終於看清楚。那並不是海浪，而是數百隻追逐飛馳的海豚。

海豚們發出鳴叫躍出海面，又快速地竄入水中，宛如老練的海中獵犬驅趕著自己的獵物。在海豚追逐的前方，可以看到一大片反射著陽光的銀芒——是魚群！

一群數目龐大的魚群被海豚驅逐到海面，海鷗等待的就是這個時機！第一隻落下的海鷗像是一顆信號彈，其餘鳥兒也跟著如炮彈般接二連三地扎進魚群之中。一瞬間，天空像是下起了白色冰雹，在海面上砸出片片水花。

三胖目瞪口呆地看著這些衝入水中的海鳥。

此時慕白卻開口道：「捕獵時間到了。」說完，他已經衝向魚群。

比起海豚，大白鯊的速度也不遑多讓。已被海豚和海鷗追逐得慌不擇路的魚群，在大白鯊凛冽的攻勢下只能命喪鯊口。

這是一場分工明確的合作。海豚們負責圍捕，海鳥負責突擊，附近的其他海洋生物則是在包圍圈外撿便宜。

越來越多的獵食者加入這場盛宴，三胖甚至看到了一隻腦袋長得像潛水艇的鯨魚！就在他錯愕時，魚群已經向他的方向逃竄過來。

眼看著一群魚兒和牠們身後的大群掠食者都向自己湧來，三胖別無選擇，只能學著大白鯊，推起海流衝向魚群。

海豚們似乎與他十分有默契，在魚群身後追趕著，把慌不擇路的魚兒生生地趕進三胖嘴裡。

魚吃到嘴裡的時候，三胖覺得有些不舒服，不過好歹是慕白特地帶他來狩獵，他還是硬吞了下去，不能浪費。

規模巨大的狩獵結束，魚群終於逮到時機迅速逃離，獵食者們也逐漸散去。結束獵食的大白鯊游了過來，說的第一句話是：

「吐出來。」

什麼？

「這不是你能吃的食物。」慕白淡淡道，「吃了會……嗯，便祕。」

你是在逗我玩嗎！

三胖惱怒地把嘴裡的魚吐了大白鯊一臉。慕白並不嫌棄，淡然地將沾了三胖口水的魚吞了下去。

「我只是讓你看看真正的獵手是如何狩獵，海豚的捕獵技巧是海洋中最為出色的。當然，僅次於我。」慕白想了想，又道，「不過就算你學不會也無所謂，以後我可以繼續幫你捕磷蝦。」

所以帶我走大半天的海路就是為了圍觀一場捕獵？然後告訴我，其實可以不用學？根本是耍鯨啊！這隻鯊真是太不厚道了！三胖忿忿地想。

慕白見他真的生氣了，解釋道：「當然不僅如此，你沒發現自己的能力有變化嗎？」

能力？三胖試著感受了一下，驚喜地發現他感知能力的範圍變得更廣。他現在甚至能感應到遠處那幾隻吃飽沒事幹的海豚，正打算飽暖思淫欲做些害羞的事。

「好像有一點。」三胖連忙收回感知，「這和你帶我捕獵有關嗎？」

慕白回答：「之前我的能力進化，就是在幾次決鬥之後發生的。我想，無論是狩獵還是鬥爭，都會促進能力的進化。」

難道是危機感促進了潛在能力？三胖想想也覺得挺有道理，可關鍵是剛才他只顧著緊張，根本沒注意能力是怎麼進化的。

「以後我會多帶你參與捕獵，你要注意使用自己的能力。」大白鯊說著，身邊冒起滾滾水泡，等三胖再看去時，他又變成美人鯊的模樣。

變成這樣的慕白可以不用鰓呼吸，他大剌剌地爬到藍鯨背上，靠著他的背鰭。

「快點回去，再晚天就黑了。」

這傢伙竟然把我當成免費計程車。三胖哼了一聲表示不滿，但還是載著慕白返回海墓的旅程。

半路上，他突然好奇道：「大白，你的能力就是變身？」

「當然不是。」慕白說，「變身只是為了方便對付敵人，並不是我的能力。」

「那你的能力是什麼？上次你和虎鯨打架的時候也沒看到你用，你那時還差點受傷了。」

「我不想用。」

慕白懶懶道：「我的實力已經足夠。不到關鍵時刻，不想借助外力。」

這句話說得甚有格調。可惜三胖是個沒志氣的傢伙，他現在滿腦子都是怎麼借助外力好讓自己快點化形。不過，他也想找機會見識一下大白鯊的能力，神祕兮兮的，究竟是什麼高級能力？

可惜三胖怎麼也沒想到，機會來得如此猝不及防，伴隨而來的還有更大的危機。

「上校。」

某海軍基地內，副官向自己的長官請示：「這是最新的任命。」

科佐接過一看，調令上只有幾行字，表達出的意涵卻足以翻天覆地。

第七海軍艦隊將於明日航向南極，並派遣十三航空隊予以支援。海空軍隊將由一名上將親自率領，而且這次任務不是單獨行動，而是得到了南極洲附近所有國家，甚至是環太平洋國家的全力支持。

這可以說是在和平時期，堪稱空前絕後的一場軍事行動。

「路德維希。」科佐上校念著老友的名字嘆息，「這次你可是惹來大傢伙了。」

第十七章　懲罰

幾個小時之前，路德維希踏上了起航奔赴南極的艦隊。

軍艦逐漸駛離港口，掩藏在夜色中的碧綠雙眸凝望著海岸線，時而閃過幾道複雜暗芒。

「特里斯坦博士，上將請您前去議事。」身後一名軍官道。

路德維希收回視線，跟著對方去了會議室，在那裡等待他的是這次行動的最高指揮——威爾曼上將。這位中年的將軍只是坐在那裡，便散發出能鎮住整個場面的氣勢。

「請坐，特里斯坦博士。」

上將笑看著路德維希，客氣道：「您並不是軍人，不用遵守這些規矩。」

「是的，閣下。」路德維希依言坐下。

「這次行動可都依賴於您的發現，博士。」威爾曼說，「總統先生對此寄予厚望，您可真是稱得上十分年輕有為。」

「我只是按照計畫執行。」路德維希淡淡道。

「計畫嗎？上百個人為了這個計畫工作了數十年，只有你發現了祕密，難道這不是某種天賦？」上將若有所指地低笑道，「或者說，我們也不得不承認，再大的天賦也抵不過血緣，畢竟您身上也有……」

「上將閣下！」路德維希不悅地打斷他，「您叫我來究竟有什麼事？」

「真抱歉，一不留神將話題扯遠了。其實我喊您過來只是為了確認一件事。」上將收斂起笑容，「在南極發現『海裔』這件事，您真的確定嗎？」

海裔。

聽到這個名字，路德維希的心臟猛烈跳動了一下，隨即若無其事回答道：「我以我的人格擔保，確有其事。」

「那您能保證，海洋之心也與他們同在？」上將咄咄逼人，「這次行動耗費甚巨，如果還是沒有收穫，那麼……」

「我無法擔保。」迎上威爾曼的目光，路德維希毫不退縮，「我不能百分之百向您承諾，只是這次行動依然很有可能尋獲海洋之星。畢竟，我發現的海裔之中有一個就是『他』，那隻大白鯊。」

聽見這個名字，威爾曼上將的瞳孔微微收縮了一下。

「『他』？」他嘆道，「一隻從未有人見過，只是根據記載捕風捉影的怪物，竟讓我們如此戒備。」

「有準備是好事。」路德維希說，「我們都不希望再釀出一場災難。我們找了他幾十年，而有他在，海洋之心想必就在不遠處。」

「災難啊，海裔的力量真是令人害怕——哦，我指的是純種。」看見路德維希皺起眉頭，上將微微一笑，「當然，我們已經為此做好了充足的準備。如果這次的行動成功，都要感謝您的功勞，博士，您會獲得無上的獎賞。」

「我只希望您做到承諾。」路德維希冷冷地看著他，「捕獲另一隻海裔後，請將他交予我，軍方不能做任何干涉。」

「這是當然。比起海洋之心，一隻海裔無足輕重。您會得到您想要的，最遲就在三天之後。而我們——」上將顯露出幾絲志在必得的狂熱，「也將得到我們的戰果，一個足以震驚全人類的收穫。」

三天。

路德維希望著南極的方向。

他想，等做完這一切，他就能徹底擺脫這幫令人厭惡的傢伙。

三天能夠做什麼？

足夠讓一支球隊小組賽出線，足夠孕婦生出一對雙胞胎，足夠一對新婚夫婦你儂我儂。而對三胖來說，三天，他才剛剛將能力摸索出了個大概方向。

他現在已經成功從鯨魚電臺轉變成多功能二合一處理中心，不僅可以接收附近生物的微弱意識，也能將自己的意識傳遞過去。有時候，甚至能控制一些低智商的海洋生物，照著他的想法行動。

在成功用意識控制一群磷蝦乖乖地鑽進自己嘴裡後，三胖迫不及待地向大白鯊炫耀。

「你看！」他得意地說，「這樣一來，即使我不會捕獵，也不用擔心餓死。」

慕白看著他，那目光簡直就是在感嘆孺子不可教也。

「浪費能力做這種事，我知道的也只有你一個。」

「這有什麼？黑貓白貓，捉到老鼠的才是好貓。」三胖不以為意道，「無論我用什麼方法，只要能捕獵到食物，就是我的成功。」

大白鯊落敗於他的厚顏無恥，無奈道：「既然這樣，那我以後就不用幫你捕磷蝦了。」

「嗯，這個……還是過陣子再說吧。」三胖訕訕道，「我現在成功率還不高。」

慕白嗤笑：「半調子。」

「……」

對於他出色的語言學習天賦以及完美的活用能力，三胖只能膜拜得五體投地。

他剛認識半人鯊的時候，對方還是一個連話都說不清楚的海洋土著，這才沒幾天，慕白已經可以靈活運用各種長短句來諷刺他了。真是教會了徒弟，餓死師父。

不過提起這個話題，也讓三胖想起了另一件事。

「你究竟在這裡待了多久？」他問慕白道：「難道在遇到我之前，你從未見過其他可以進化的同伴嗎？」

慕白想了想：「不記得了。」

他說：「在我出生以後，就沒有見過除我母親以外的同類。海洋裡有很多生物，鯨魚、海豚、其他的鯊魚，但我知道牠們和我不一樣。一開始我還會去尋找同伴，但時間久了，就不再那麼做了。」

大白鯊談起這件事語調並沒有起伏，三胖卻感覺心裡十分沉重。

無盡的時間待在不見天日的深海，不論周圍是寂靜還是喧鬧，都只有他一個。

這種孤獨的感覺三胖也曾體會過。

「現在好了。」他安慰道，「有我陪你，我們正好作伴，以後還可以互相依靠。」

慕白看向藍鯨，漆黑的眸子裡彷彿有星子愉快地跳躍著。然而他說道：「是你賴著我。」

「好好好，是我賴著你。」三胖無奈。他總覺得大白鯊像個沒有安全感的孩子，什麼事都要等對方親口承諾，才能真正放心。

果然，聽見三胖的回答，慕白的臉色好看多了。

「你還是把藍寶石吃了吧。」

「為什麼又提起這個？」

慕白坐在海崖前，銀髮被暗流掀動，如一雙展開的翼。對於藍鯨的提問，他像是掩飾什麼般道：「只是為了方便看管。」

他胸前的星斑又漸漸亮了起來。斷崖後方，一群水母緩緩順著熱流浮上海面，水母幽藍的光芒彷若夜空中點綴的繁星，而慕白則是這片星空中最璀璨的星辰。

水母們繞著他翩翩起舞，似乎在膜拜牠們的神祇。

他是宇宙的星辰，也是海底的神靈。

三胖沒有回話，他聽見慕白還在繼續說。

「既然你總要跟在我身邊，我又要看管藍寶石，不如直接將它放在你肚子裡。重要的事物都在一起，這樣我也安心。你覺得呢？」

等了半晌都等不到回應，原本忐忑的半人鯊不由得有些惱羞成怒，又開始磨起尖牙。

「慕白。」

三胖叫出半人鯊的名字，看著眼前的景象，他突然想說一句話。

「我……」

「磨磨蹭蹭想說什麼？」半人鯊不耐煩地看著他。

「……」

吞下原本想說的話，三胖道：「我只是想問，水母有毒，你讓牠們繞著你漂，不覺得難受嗎？」

半人鯊咬牙切齒，狠狠瞪了三胖一眼。

「不、難、受。」他一字一句道。

好不容易敞開心扉的大白鯊，決定要狠狠懲罰一下傲慢的藍鯨——一整天都沒有蝦！

第十八章　示警

沒了慕白餵食的晚上，三胖只得繼續開發自己的超能力，嘗試用精神催眠那些磷蝦自動跑進嘴裡。

於是，南極附近的深海便出現了這樣的一幕。

一隻體型龐大的藍鯨靜靜地游蕩在海中，牠大張的嘴像個巨大的漏斗，無數磷蝦爭相湧入，還不忘乖乖排隊。

冷眼旁觀的慕白道：「你繼續這樣下去，肯定連舌頭都會退化。」

「哎，以後的事情以後再說嘛。」三胖不甚在意，「我們解決問題不要太死板，能吃飽就好。」

大白鯊冷哼一聲。

作為海底最凶猛的掠食者，對三胖這種好逸惡勞不求長進的做法，慕白顯然很不贊同。他皺眉看了三胖好一會兒，顯得有些憂心忡忡。

這隻藍鯨又笨又懶，能力進化也不完全，以後要是自己不在他身邊，一隻鯨該怎麼活？

猴子如此狡猾，藍鯨卻這般笨拙，實在讓大白鯊操碎了心。

三胖享受了自動送上門的磷蝦沒多久，就沒再看到蝦群。

「怎麼回事？」他奇怪道：「這附近海域的磷蝦都被我吃光了嗎？」

正在煩惱如何養藍鯨的大白鯊聞言，也抬眸一看。

周圍的海域變得異常安靜，剛剛還在頭頂飛旋的海鳥，如今是一隻不見，就連那些總是出來惹麻煩的虎鯨們也不知道跑到哪裡去了。

慕白看見一隻海星拚命地挖掘沙土，似乎想將自己埋到土裡。

「難道是暴風雨快來了？」

三胖疑惑，暴風雨來臨前，海面總會變得異常寧靜。他沒發現這次的安靜顯得十分異樣，就連一向很少被驚動的海底生物，都紛紛找洞穴躲了起來。

「好像有點不對勁，大白……」

三胖向慕白看去，驚訝地發現大白鯊已經游到了他的頭頂，如月光般的銀髮散發出耀眼的光芒，怒張在身後。而他身上的點點星痕，也以極快頻率閃爍著。

大白鯊的狀態明顯與平常不一樣。

慕白喉嚨裡發出嗚嗚低鳴，黑色雙眼直望著海面，尖牙互相摩擦，似乎下一秒就要衝上前將獵物撕得粉碎。

三胖被嚇到了，慌亂問道：「怎麼回事？大白！」

他呼喚著，慕白沒有回應，代替他的是遠方海面傳來的一聲悠揚鳴笛。

三胖臉色一變。在還是人類的時候，他曾經在港口聽過類似的聲音，那是軍艦鳴笛示警的聲音。

遙遙南極，為什麼會有軍艦開到這裡來？南極可是永久凍結領土權的大陸，根本不該有軍隊！

沒等他思考出答案，那鳴笛聲已經一聲接一聲，不斷從海面傳來。對方似乎是故意這麼做，三胖突然有了不好的預感，難道這些軍艦是衝著他和慕白來的？

「上將。」會議室，一名副將詢問道：「您覺得海裔會聽懂我們的鳴笛示警嗎？」

剛才威爾曼將軍下令各艦鳴笛示意，有些將領覺得多此一舉，完全沒有必要。

「海裔可不是一般的海洋生物。」威爾曼回道，「牠們既然有自己的語言和社會，想必多少能理解我們釋出的訊息。若能和平解決問題自然是最好的，你說呢，特里斯坦博士？」

作為會議室內唯一一個非軍方人士，路德維希一直努力降低自己的存在感。這時威爾曼上將特地提起他，將周圍數名將領的目光都引到了他身上。

「我不覺得。」路德維希只得出聲道：「大白鯊是攻擊性極強的動物，即便是海裔，牠們的動物天性也不會被磨滅。我們擅自闖進牠的領地，特地鳴笛只會讓對方覺得是種挑釁。我對和解不抱樂觀態度。」

威爾曼呵呵笑了笑，不置可否。

「你說得對，牠的確是一種凶猛的怪獸。可是，如您所見，一隻海裔對上數十艘軍艦……」上將微笑道，「如果海裔真的有點智商，就知道這不是划算的買賣。」

聽到他這句話，有軍官嗤笑起來：「一隻鯊魚能有什麼智商？即便牠是所謂的海裔，也不過比普通的動物聰明一點罷了。牠能與我們相提並論？」

路德維希的臉色變得相當難看，威爾曼上將看在眼中，不動聲色。

他漫不經心道：「再等等吧，看對方是什麼反應。」

就如路德維希所說，軍艦的鳴笛示意更加惹怒了慕白。三胖只看見大白鯊鬚髮怒張，幾乎快變成一隻鯊型刺蝟。

「這些可惡的猴子！」

慕白惡狠狠地磨著牙，尖牙在海底發出幽幽光芒，看得人心底一寒。他的長尾用力地拍打在海底礁石上，將一塊石頭拍得轟然粉碎。

三胖暗暗咋舌，仍不忘詢問道：「這些軍艦是衝你——」他想了想，改口道，「是衝我們來的？」

慕白回頭盯著他，漆黑的眼睛裡寒光凜凜：「上次遇見那隻猴子，我就不該放他活著回去。我就知道，一旦發現我在這裡，這些猴子就會一湧而上。他們的貪婪從來不會停止。」

對於前因後果一無所知的三胖聽出了他的弦外之音。

「這些人果然是衝我們來的，他們甚至認識你。你說他們貪婪，可他們在你身上能圖謀什麼？是進化能力，還是……藍寶石？」

三胖越是思考，心就越是沉了下去。

作為曾經的人類，他知道人類的欲望根本不可能得到滿足。海底進化物種、神祕的藍寶石，這兩個無論哪一種被人得知，肯定會讓所有人趨之若鶩。

聽慕白的語氣，這已經不是他第一次和人類對立，顯然人類對慕白也早已有所瞭解。

這意味著什麼？代表在三胖變成藍鯨之前，就有軍方人員知道海底有慕白這樣神奇的生物，並暗中與之對立了多年。

普通人越是對此一無所知，越代表這個祕密的重要性。重要到清楚真相的相關部門要隱瞞外界、暗中進行活動，重要到他們必須派遣多艘軍艦前往南極大陸。這一次，對自己垂涎已久的寶物，人類顯然志在必得。

慕白對此異常憤怒。

「他們膽敢闖進來，我就要讓他們知道惹怒我的後果！」大白鯊憤怒地嘶吼。

比起暴怒的慕白，作為曾經的人類和現在的神祕進化物種，三胖左右為難。他不清楚人類究竟是如何得知慕白的祕密，雙方又有多大仇怨，可是現在，放慕白一隻鯊魚對上那麼多軍艦，他絕對放心不下。

「你冷靜一點。」三胖勸說道，「對方有這麼多軍艦，肯定配有武器，只有我們怎麼和那些鋼鐵怪物對抗？」

慕白突然扭頭看他，神色古怪：「你很瞭解他們？」

三胖啞然，不知該如何回答。

他總是埋怨慕白對自己隱藏了很多祕密，可他自己又何嘗不是瞞著對方許多事情？如果大白鯊知道，小藍鯨曾經也是一隻猴子……糟了，他會不會以為自己是猴子派來的奸細！

就在三胖腦補得一發不可收拾時，慕白的神色又漸漸柔和下來。

「不用擔心。無論人類有多強大的武器，我都可以應對。你不是想看看我的能力嗎？」

是啊，可是那和解決現在的危機有什麼關係？等等，三胖張大嘴看向慕白。

「你不要告訴我，你的能力強到可以對抗這些軍艦？」

慕白深深看了他一眼，代替回答的，是身上逐漸亮起的星芒。

與以往任何一次都不同，像是有一團火焰揉進了他的身體，灼燒著他的皮膚。漸漸地，星痕逐漸褪去，包圍著全身的藍色光暈有如無形磁場，從他身上向外擴散出一層層肉眼可見的光圈。

一旦觸及海水，光暈便與水流無聲融合，緊接著，靠近慕白的海水開始產生變化。

先是半徑十公尺、一百公尺、一公里，直到視野所及的海域都被慕白影響。

海水劇烈起伏，一場驚天的海嘯正在暗中醞釀。

三胖的嘴從張開後就一直沒有合攏，愣愣地看著慕白。

媽呀！這裡有神仙！活的！

第十九章　藍血

作為一個堅定的無神論者，三胖曾經無比地相信唯物主義。

直到他變成了一隻鯨魚，他說服自己，世上還是有偶然事件的。然後他獲得了超能力，他對自己說，這也許是一種生物電流感應。哪怕親眼看見大白鯊大變活人，三胖也能為此找到理由，生物進化本就神妙，不怪世界太多奇。

可是，現在他看見本來無波無浪的海域，在慕白的控制下變成一片驚濤駭浪，他再也不能為之找到藉口了。

擁有常人所沒有的能力，可以說是天賦；擁有足以顛覆天地的能力，那只能是傳說。

而此刻，這神話般的傳說就在他眼前出現了。

「我我我……海浪不要太高，我怕高。」憋了半天，三胖只憋出這句話。

慕白側頭看了他一眼：「放心，不會把你送到浪尖上去。」

三胖鬆了口氣。

「不過下次捕獵你再偷懶，也不妨試試。」

三胖痛心疾首地指責鯊魚不鯨道。

就在藍鯨抗議之時，慕白掀起的滔天巨浪，給海面上的艦隊帶來了不小的麻煩。

「報告！」

航海士接連回報道：「前方突然偵測到七級海浪，可能影響到我方船艦的穩定！」

「海浪已達九級，建議立刻駛出海域，否則後果不堪設想。」

軍艦上的紅色警示燈不斷閃爍，坐在會議室的將領們卻沒有一個因此露出驚慌的神色。他們神情自若，似乎對此早有預料。

威爾曼上將道：「看來，這就是海裔對我們的回應。」

和談已是絕不可能的事。不過，這幫軍官們也從未指望能和一隻海洋生物談判。

「上將。」其中一人站起身，「既然海裔主動發起攻擊，我們不能坐以待斃，還請您下達命令。」

「請您下令。」眾軍官全部起身附和。

威爾曼看似無奈地點頭，卻暗喜局勢全在操縱之下，他擊掌道：「通知藍血支隊待命，準備出擊。」

「是！」

一直沉默的路德維希聽到這個名字，放在右膝上的手用力收緊。

威爾曼漫不經心地瞥了他一眼：「特里斯坦博士有什麼建議？」

「沒有。」路德維希慢慢吐出幾個字，「謹遵將軍的指示。」

「不要擔心，博士。」威爾曼玩味地看著他，「這次我們有備而來，你會得到你想要的。」

路德維希不再說話。

海面上的風浪一陣勝過一陣，高達數十公尺的海浪幾乎與天空連成一線。若此時有人從太空看向南極，定會看到這樣的奇景——

在無風無浪的南極海域，方圓幾十海里的某一塊區域，天空灰沉，海面掀起一道道波瀾，如同大張的巨口，要將一切吞噬殆盡。人類的艦隊像是海面上漂浮的落葉，隨時都有傾覆的可能。

而這一切的始作俑者，慕白，此時完全被怒火染紅了雙眼。他的表情從未如此冷漠，明明處在海底深淵，卻彷彿置身於宇宙中心。

翻雲覆雨，只要一個意動，整片海洋便都在他的操控之下。

三胖已經從最初的震驚中回過神。他不是不再驚訝，而是對於眼前的奇景麻木了。

在心驚於慕白的強大時，他終於明白為何平常與虎鯨的鬥爭中，慕白不屑使用能力。他的能力足以翻天覆地，尋常鯨豚哪是他的對手？

隨著能力的使用，慕白的意志似乎也逐漸受到影響。最開始的時候，他還有餘裕回應三胖，現在大白鯊眼中除了漫天驚濤，已容不下其他。

「慕白，慕白？」三胖試了幾次都沒能連接上大白鯊的意志，偶爾觸碰到對方的識海，只覺得像碰到冰冷迫人的寒霜，令人生畏。

三胖變得心焦起來，他開始擔心海面上的艦隊。不單是為了那些人，更是為慕白憂心。

大白鯊的確擁有可以翻覆一整支艦隊的能力，但他剿滅了這些侵入者後，真的就能永無後顧之憂、一了百了嗎？

絕不可能。

受到打擊的人類只會像負傷的雄獅，再次醞釀更大的報復，而不是善罷甘休。這樣一報還一報，雙方無止境地對峙下去，孤身應戰的慕白只會落到下風。畢竟比起數十億的人類，一隻鯊的力量再強大也有其極限。

而且……

三胖望向海面，目光中隱約帶著擔憂。

這些軍艦難道就這樣任由慕白宰割，毫無應對之法嗎？三胖心裡很不安穩，總覺得有什麼不好的事情即將發生。

像是驗證了他的預兆，會議室內最高指揮官已經做好安排。

「報告上將，藍血支隊集結完畢，隨時可以出發！」

「好。」威爾曼站起身，對著會議室內的眾人說：「封存已久的利劍終於到了出鞘之時，各位不妨與我一起見證接下來的場面。」

軍官們紛紛應和，隨著他走進另外一個房間。這裡是主艦的指揮室，不僅可以調動所有軍艦的進退行動，還可以通過無處不在的監控，準確地觀察到他們期望見到的場景。

此時，其中一面放大的螢幕上出現了一隊穿著潛水服的士兵。他們十人一行，共排成三列，站立於船舷處。看情形，竟是準備在這種惡劣的環境下潛入海中。

然而仔細觀察，就會發現這些士兵們的特殊之處。

他們的潛水服與一般的深潛裝備並不相同，只是一層薄薄的材質，似乎除了減少阻力外再沒其他功能。且這些人裡，有一大半沒有配備氧氣瓶——他們竟然準備隻身下海！

此時，若有人再認真觀察，便會發現這些神情凝滯的士兵，外貌異於常人。他們髮色極淺，眸色異常，四肢比常人修長許多。尤其是雙腿，部分士兵的兩腿還存在不明顯的畸形。而那些不配氧氣瓶的士兵，耳後都有一道奇怪的裂隙，十分類似海洋動物的鰓裂。

曾有人問：如果敵人的武力過強，遠超出我方的應對能力，該如何應對？對此，培育藍血部隊的人認為，只有製造出同樣強大的武器，才能與對方較量而不落下風。

這就是藍血，世界上絕無僅有，一支為了應對海裔而專門訓練的部隊。這裡的每一個人，身上都留著海裔的血脈。

「混血。」軍官中有人冷聲道：「養兵千日用兵一時。養這些怪物這麼久，終於到牠們為我們效命的時候。」

他言語中使用的詞句，完全不將這些士兵當作同類看待。

站在角落的路德維希突然抬頭，看向這位軍官。

「怎麼，我說的有哪裡不對嗎？」說話的軍官迎上他的視線，故意挑釁道，「還是看到此情此景，特里斯坦博士開始憐憫自己的同……」

「少校！閉上你的嘴。」威爾曼呵斥，「現在還不到你有閒心關心其他事的時候。」

挑釁的軍官悻悻地閉嘴。

自始至終，路德維希除了呼吸加重了幾秒，並未有別的反應。連冷眼旁觀的威爾曼上將都對他的忍耐能力感到意外。

可是沒有人知道，路德維希不是在忍耐。

他是在克制。他怕自己一旦克制不住，就會忍不住衝動將眼前的人類全部撕成碎片。

還不到時候。

路德維希對自己說。

這些傲慢的人類，遲早會為自己的言行付出代價。

在指揮室因一齣小意外暗中掀起波瀾時，船舷上的藍血士兵已經一個接著一個跳入海洋。

比起浩瀚如深淵的暴怒之海，這幾十個小小的身影宛如水滴入江，不能引起一絲異動。然而，意外就在這時發生了。

最初發現異狀的是三胖。一直緊張觀察著慕白狀態的他，第一個發現了事態的變化。

海水開始不聽從慕白的指揮。不，並不是海水不聽從指揮，更像是海水與慕白之間的聯繫被某種力量切斷，他無法再隨心所欲地控制整個海域。

同一時間，即便是能力開發還不完全的三胖，也模糊地察覺到海洋中多了些什麼。一種與生俱來的感應敲打著心頭，在海的那一端似乎有誰在呼喚著他。

三胖疑惑地望向遠方，心裡不斷湧現出陌生的感情，詫異、懷念、驚喜，然而緊接著這些感情全部被憤怒取代！

讓人幾乎窒息的怒火將他的識海整個吞沒。

他錯愕地看向慕白，這種強烈的情緒正是從大白鯊身上感應到的。

慕白，究竟看到了什麼？

第二十章　翻覆

人類現有對海裔最早的記載，出自十七、十八世紀的航海日誌。具體來歷已不可考，在那個航海興盛的年代，有不少對於海怪和奇怪海洋生物的描述見諸於各類檔案。

最開始，這些記載並沒有引起足夠的重視，那些對於奇怪人形生物的描述，往往被外人認作是神話的演繹。

直到十九世紀，一艘原定於當年九月初抵達澳洲殖民地的英國船隻，突然在半路失去了蹤影。在人們以為船員們都已遇難時，卻在海邊打撈到一位倖存者。

倖存者神志不清，口口聲聲呢喃著自己看到了海神。

這一次，這些離奇的話語引起了一番重視。這位倖存者攜帶的相機為他證明了自己。

雖然照片大多損壞，不能清晰成像，但唯一清楚的一張，卻拍到了關鍵性的證據。

那是一顆浮在海面上的人頭。

牠有著酷似人類的容貌，然而狹長的大嘴和滿口尖牙，都在暗示著這不可能是一個人類。牠潛藏在陰雲和海水之間，漆黑的眼珠直盯著鏡頭，令人心生畏懼。

這是人類第一次見到這種生物。

海難接二連三地發生，人們無法調查出原因，即便是最新式的現代船隻，也都一去不復返。

這些神祕海難發生的地點，往往都在南極附近的海域，那裡似乎有什麼力量在阻止人類靠近。

於是，人們為屢屢被目擊的怪物命名——海裔，生存在大海之中，有著類人外貌的恐怖生物。

接下來的幾百年，不斷有人類目擊海裔出現，甚至有人曾與之戰鬥，因而保留了珍貴的樣本。有關海裔的傳說開始甚囂塵上。

到了現代，隨著正式將海裔當作一種新型生物來研究，研究者發現了更可怕的事實。

他們提取了海裔的基因樣本，某次偶然與一家基因庫公司作對比時，在五千萬份樣本中找到了五份類似的基因。這些人的基因，竟與海裔的遺傳代碼相似度高達七成！

在進一步的研究中，對比十三、十四世紀因各種原因而保存下來的古老乾屍，研究者們又找到了十幾份攜帶海裔基因的人。他們有些是宗教曾經賜名的聖者，有些是被當作惡魔處死的異教徒，甚至也有夭折的嬰兒。這些人的基因相似度，幾乎都在百分之九十以上。

越往遠古的年代尋找，人類之中的海裔基因攜帶者就越是「純粹」。

海裔早已經入侵了人類社會。這種可怕的想法開始在某些領域不脛而走，而海裔強大的力量，也開始為更多人所知。

時至今日，人類對這種神祕物種的瞭解已經足夠深刻，他們開始思考，該如何謀取這份強大的力量為己所用?這就是今日，多國軍艦圍攻慕白的緣由。

然而，這一切三胖與慕白都不知曉。他們匆促應對突襲，卻沒想到人類早已給他們帶來一份「大禮」。

混血，或者說是攜帶海裔基因的人類，牠們的血，可以影響純種海裔發揮能力。

這是經過多次實驗後研究出來的結果，原因尚且不明，但足夠當作武器來使用了。

幾十名潛入海中的藍血士兵，他們的目的並不是直接與慕白交戰，而是利用自己的血脈干擾對方。

讓慕白操控海洋的能力失效，這是藍血部隊的唯一目的。為此，哪怕鮮血流乾，也要完成自己的使命。

鯊魚的嗅覺一向很靈敏，即使隔著數十海里，慕白也能輕易聞到那些血腥味。那是與他有著相同血脈的同伴身上的鮮血。

慕白似乎受到了極大的刺激，整隻鯊開始發狂。三胖阻止不了他，只能眼睜睜看著慕白雙眼布滿血絲，神魂錯亂。

他第一次痛恨起自己為什麼如此無能。

雖然不知前方究竟發生了什麼事、慕白的能力因何失效，但壞消息接踵而至，證明人類的確是有備而來。

不行，不能讓慕白再留在這裡，我要帶著他離開！

三胖張大了嘴，一口咬向慕白，想要把半人鯊吞到嘴裡，直接攜鯊逃跑。可是他的計畫很快胎死腹中，還沒吞到慕白，舌尖就傳來一陣刺痛。三胖感覺到一股熱流從嘴裡流出。

他被慕白劃傷了。

三胖心疼，不是因為疼痛，而是心疼自己流出的血。以藍鯨這樣的大塊頭，那血真是成斤成斤地流，可以做多少鍋麻辣鯨血啊！

三胖的血似乎讓慕白短暫地恢復了神志。他看著受傷的藍鯨，眼裡流露出一絲懊惱。

「離開這裡。」慕白說，「這兒不安全，等我解決了他們，就去找你。」

「你去哪找我！變成一鍋魚翅來找我嗎？」三胖著急道：「沒看到他們有備而來嗎，你幹嘛還要一頭熱，自己送上門給人宰？你不是總說猴子很狡猾，我們毫無準備，怎麼和他們鬥？」

慕白啞口無言，又有些氣憤：「但他們不僅算計我們，還利用我們的同胞！」

同胞？什麼意思？

沒待三胖仔細問，一道恐怖的海底熱流直襲而來。他抬頭一看，頓時驚訝地大喊。

「深水炸彈！」

眨眼間炸彈已到跟前，就在三胖以為自己要變成烤鯨魚的時候，慕白一晃擋在了前面。

刺眼白光閃過，伴隨著幾乎穿透耳膜的噪音，三胖再睜眼時，發現自己毫髮無傷，反而是慕白身上多了幾道鮮紅的血口。

「你受傷了！」三胖心急，「不行，不能再和他們硬拚。你現在能力受限，對方又有這麼多武器，趕緊跟我跑吧！」

三胖想得很好，三十六計走為上策，靠山打不過你們，跑還不行嗎？

慕白擋下一擊，消耗了不少體力，他喘著氣冷冷道：「恐怕，現在是對方不想放過我們。」

順著他的視線，只見遠處的海底似乎游來一群歡欣鼓舞的海豚，才怪，一群歡欣鼓舞的海底魚雷還差不多！不計其數滿滿都是，足以將他們團團包圍。

我不想死！三胖驚恐，我還沒想好遺言呢！

此時，慕白一甩尾巴拋下他，加速迎向那片魚雷彈雨。

「大白！」三胖呼喊。

慕白回頭看了他一眼。

「等我。」

他的意念，第一次以如此溫柔的形式傳遞過來。

「我一定會去找你。」

下一秒，三胖只看到對方飛快扔出了一個藍色的東西直鑽進自己嘴裡。他還沒反應過來，便咕嚕一聲咽了下去。

等他再去追逐慕白的身影時，只看到半人鯊遠去的背影，和在整個海域尖銳嗚聲下翻騰如末日的海水。

數百顆魚雷齊齊襲來，全部導向慕白。半人鯊毫不畏懼，直接迎上。

不——

在炸彈吞沒最後一絲銀芒時，三胖覺得心口好像有什麼裂開了。

爆炸的波動翻攪著整個海底，將這裡變成一片煉獄。即便是身體龐大的藍鯨，也抵不住衝擊波，如同飄絮般被沖得老遠。

就在他快承受不住時，一道冰藍光芒從爆炸的中心轟然擴散，襲捲整個海域。與之回應一般，三胖下腹處，也散發出點點藍芒。

很痛。

為什麼會這麼痛？

在衝擊帶來的疼痛中，三胖最後的意識也被海水吞沒。

——《鯨之海01》完

番外
同居紀錄一

大白鯊撿回了一個室友。

準確地說，他以為自己抓到了一個小偷。看到藍鯨鬼鬼祟祟地出現在海底墓場時，大白鯊只以為這又是一個愚蠢的闖入者。在他準備教訓教訓這隻藍鯨時，對方卻展現出了奇異的能力。

他能夠與大白鯊進行交流。

即便只是片刻的接觸，那隻藍鯨幾乎立即就明白了他的意思。

「離開。」

讀懂訊息的藍鯨，馬不停蹄地表示自己可以立刻離開，滾得遠遠的。

大白鯊停下攻擊，看著那隻藍鯨落荒而逃。在發現藍鯨可以明白自己意念的瞬間，大白鯊心緒微微起伏著。

有多久了？他再沒有遇到過可以與他直接交流的同伴，這感覺讓他有些懷念。

可這隻藍鯨的膽子實在太小了，沒等大白鯊有所表示，立刻就游得不見蹤影。

大白鯊對此表示鄙視，沒膽量的傢伙，即便他能聽懂自己的意念，他也不想與之交流。

膽小，是大白鯊對藍鯨的第一印象。

可誰想這第一印象很快就在第二次見面時被打破了。這隻膽小的藍鯨，竟然敢冒著和捕鯨船正面對抗的風險，救下了他，還順便幫助了那群虎鯨。

在從藍鯨的嘴裡鑽出來的時候，大白鯊其實很意外。這時候他隱約意識到，這隻藍鯨對自己而言，或許有什麼特殊的意義。

在經過一連串的事件後，藍鯨與大白鯊成為了同居人，他們共同居住在海底墓地，朝夕相處。同時，大白鯊也明白了，這隻蠢笨的藍鯨究竟是怎樣一個傢伙。

他膽子小，卻愛多管閒事。明明看起來沒什麼本事，卻總能表現出令人意外的一面。

在經歷了兩次共患難後，大白鯊慢慢接受了這隻蠢鯨魚。他想，如果藍鯨表現好，看在他如此積極的分上（又表示喜歡他半人半猴的外貌，又積極地為大白鯊取名），他也不是不可以進一步與他發展。

不過，如果在他同意之前，這隻蠢鯨三心二意地又去勾搭其他傢伙，他可不會給他好果子吃！

同居的第二十二天。

他們已經在海底墓場安家了。三胖在大白的指導下，安心學習如何鍛鍊自己的能力。他最期待的就是有朝一日，也能擁有像大白一樣的變身能力！想像那威武的模樣，簡直不能更棒了。

除了不斷鍛鍊自己的能力外，第二個令三胖感興趣的，就是他又夢見了幾次的那個夢境。

夢裡的少年究竟是誰呢？他口中的「普飛亞」指的又是什麼？

無論是他自己的進化，還是解開海底史前文明的祕密，都與藍寶石息息相關。三胖對此一籌莫展，但他可以肯定，大白一定知道些什麼，然而傲嬌的大白鯊嘴很嚴，從不肯對他透露半句。

三胖糾纏了大白數次無果後，終於也有些惱火了。

「我以為我們已經是同伴了！如果你不願告訴我，至少告訴我你不願意說的理由。」

這句話實在有些拗口，大白花了一番工夫才明白過來。等他明白三胖是在生氣的時候，三胖早已氣沖沖地走遠了。

離家出走！

三胖準備用行動告訴大白鯊，自己不是任人揉捏的軟柿子，他是一隻有脾氣的藍鯨！

然而剛剛離開海底墓場的範圍，三胖就茫然了。

他要去哪呢？

身為人類時的家，早已不能回去，在這片大海，他舉目無親。離開了大白鯊，他更是一個可以交流的對象都沒有了。

不，不，不，不能這麼想。三胖晃動著自己碩大的腦袋。

他又不是那隻傲慢大白鯊的附庸，幹嘛老把自己和他綁定在一起？好歹在遇到大白鯊之前，他也瀟灑地過了一段日子。

想當年，他還從一群虎鯨口中救出了一隻小海豚。

虎鯨！三胖腦袋上幾乎具象化出一顆燈泡，他怎麼沒想到這個呢。那隻被大白叫做「嘶嘶噠」的虎鯨領袖，看起來智商也不低，自己說不定也能與牠溝通。搞不好虎鯨們也知道一部分關於海底墓場的祕密呢！

三胖立刻發揮自己的行動力。

然而，想要在廣闊的海底世界尋找一隻虎鯨，幾乎是不可能的事。徒勞無功地忙了一會後，三胖才想起來自己的特殊能力。

如果他用意念呼喚嘶嘶噠，並把意念像超音波一樣擴散出去，是不是虎鯨就能聽到了呢？

他小心地試了兩下。

「嘶嘶噠？」

「嗨，你好，在嗎？」

一片沉寂。

果然還是失敗了。

三胖覺得自己很傻，就像一個人對著空無一人的網路聊天室自言自語。現在的小學生都不這麼幹了，他怎麼能做出這麼蠢的事呢。

就在他氣餒地準備打道回府的時候，他感受到了身後水流的異動。

三胖驚喜地轉身，是虎鯨感應到自己的呼喚過來了嗎？

「嘶嘶嗟？」

然而，他一回頭，看到的卻是大白那閻羅般的面容。

半人半鯊的慕白，手裡還抓著一隻被打暈的「烏賊袋子」，這是他用來給三胖準備伙食的標準配備。

此時，大白鯊顯然忘記了自己之前的計畫，沉著臉看著三胖。

「你在我的地盤呼喚別的鯨魚的名字？」大白的臉陰沉得簡直可以滴出水來，

一張俊顏顯得超級恐怖。

「我不是……」三胖抖了抖，覺得自己可能要完蛋了。害怕之餘，心裡又湧上一股委屈。

這隻大白鯊，就知道武力鎮壓，要不是他故意瞞著自己關於海底墓場和藍寶石的祕密，自己會想出這麼餿的主意，還被當場逮到嗎？

在舉目無親的海底，他突遭異變，又幾次經歷危險，堅持到現在已經很辛苦了，為什麼大白老是要凶他！做藍鯨不到一個月，做人已經二十多年的三胖，心裡終於崩潰。

「嗚嗚哇！還不是因為你！」三胖近乎哭喊地撒潑起來，「要不是你老是瞞著我，我也不至於去找別人。嗝，現在只有你能聽懂我說話，嗝，你還老是欺負我，嗝，什麼都不願意告訴我，嗝，虧我還幫你取了那麼好聽的名字……」

不知為何，看著三十公尺長的龐然藍鯨在自己面前耍賴，大白並不覺得厭煩，心裡的怒火反而漸漸平息下來。

發現藍鯨竟然在呼喚別的傢伙而陡然升起的火焰，此時緩緩熄滅，化為融進四肢百骸的暖流，熨貼著他的心。

他是怪我不夠關心他嗎？

他需要我的關心。

這麼一想，大白就不生氣了。

「別哭了。」俊美如同海神的半人鯊將「烏賊袋子」甩到自己的肩膀上。

三胖不理他，繼續嚎啕。

「我去幫你捕磷蝦。」

「……嗚嗚。」

「還有鱈魚。」

「嗝。」

三胖的哭聲似乎緩了點。

大白趁機游到他左眼旁，對著藍鯨眼裡自己的倒影道：「你想知道什麼，回去我都可以慢慢告訴你。不過，你必須保證不能再去找其他傢伙。」

三胖終於收聲了，「好，一言為定。」

大白鯊滿意地搖了搖尾巴，捉磷蝦去了。

他沒看到，在他身後，三胖一副鬆了口氣的模樣。

果然，三胖想。對付大白這傲慢的傢伙，適當地示弱是有用的。想到自己一會不僅有免費午餐，還能撬開大白鯊一直保守的祕密，三胖就有些得意洋洋。

他趕緊追了上去。

「哎，等等我，我要吃嫩一點的磷蝦。」

與此同時，數百海里之外，虎鯨「嘶嘶噠」摸不著頭腦地轉了幾圈。在牠身旁，牠的鯨群疑惑地看著牠。

奇怪，剛才有誰在叫自己嗎？

「嘶噠？」

「您呼叫的用戶已經下線。」

——番外〈同居紀錄一〉完

高寶書版集團
gobooks.com.tw

BL014

鯨之海01

作　　者　YY的劣跡
繪　　者　あさ
編　　輯　林紓平
校　　對　任芸慧
美術編輯　彭裕芳
排　　版　彭立瑋
企　　劃

發 行 人　朱凱蕾
出　　版　英屬維京群島商高寶國際有限公司臺灣分公司
　　　　　Global Group Holdings, Ltd.
地　　址　臺北市內湖區洲子街88號3樓
網　　址　www.gobooks.com.tw
電　　話　(02) 27992788
電　　郵　readers@gobooks.com.tw（讀者服務部）
　　　　　pr@gobooks.com.tw（公關諮詢部）
傳　　真　出版部　(02) 27990909　行銷部 (02) 27993088
郵政劃撥　50404557
戶　　名　三日月書版股份有限公司
發　　行　三日月書版股份有限公司/Printed in Taiwan
初版日期　2019年2月

國家圖書館出版品預行編目(CIP)資料

鯨之海 / YY的劣跡著.-- 初版. -- 臺北市：高寶國際, 2019.02-
　冊；　公分. --

ISBN 978-986-361-631-3(第1冊：平裝)

857.7　　　107022610

三日月書版

三日月書版

GOBOOKS
& SITAK
GROUP©